TRANZLATY

El idioma es para todos

Sproget er for alle

Las Aventuras de Alicia en el País de las Maravillas

Alices Eventyr i Eventyrland

Lewis Carroll

Español / Dansk

Copyright © 2024 Tranzlaty
All rights reserved
Published by Tranzlaty
ISBN: 978-1-83566-858-0
Original text: Alice's Adventures in Wonderland
by Lewis Carroll (1865)
Abridged by Sam'l Gabriel Sons (1916)
www.tranzlaty.com

Por la madriguera del conejo
Ned i Kaninhullet

Alicia empezaba a cansarse mucho

Alice var begyndt at blive meget træt

Estaba sentada junto a su hermana en el banco de hierba

Hun sad ved siden af sin søster på græsbanken

Pero ella no tenía nada que hacer

men hun havde ikke noget at gøre

Su hermana estaba leyendo un libro

hendes søster læste en bog

una o dos veces Alicia echó un vistazo al libro

en eller to gange kiggede Alice ind i bogen

Pero el libro no contenía imágenes ni conversaciones

men bogen indeholdt ingen billeder eller samtaler

«¿De qué sirve un libro sin imágenes?», pensó Alicia

"Hvad nytter en bog uden billeder?", tænkte Alice

"¿Por qué un libro no tendría conversaciones?"

"Hvorfor skulle en bog ikke have nogen samtaler?"

Pero tenía otras cosas que considerar

men hun havde andre ting at overveje

"Hacer una cadena de margaritas sería un placer"

"Det ville være en fornøjelse at lave en kæde af tusindfryd"

"¿Pero vale la pena el esfuerzo de levantarse y recoger las

margaritas?"
"Men er det umagen værd at stå op og samle tusindfryd??"
No era tan fácil pensar en esto
Det var ikke så let at tænke på
porque el día la estaba haciendo sentir somnolienta y estúpida
fordi dagen fik hende til at føle sig søvnig og dum
Pero de repente sus pensamientos se vieron interrumpidos
men pludselig blev hendes tanker afbrudt
un conejo blanco de ojos rosados corrió cerca de ella
en hvid kanin med lyserøde øjne løb tæt forbi hende

No había nada demasiado notable en el conejo
Der var ikke noget alt for bemærkelsesværdigt ved kaninen
y Alicia tampoco pensó que el conejo fuera notable
og Alice syntes heller ikke, at kaninen var bemærkelsesværdig
ni le extrañó que el Conejo hablara
det overraskede hende heller ikke, da kaninen talte
"¡Oh, Dios mío! ¡Llegaré demasiado tarde!", se dijo a sí mismo
"Åh kære! Jeg kommer for sent!" sagde han til sig selv
pero entonces el Conejo hizo algo que los conejos no hacían
men så gjorde kaninen noget, som kaniner ikke gjorde
el Conejo sacó un reloj del bolsillo de su chaleco

kaninen tog et ur op af vestelommen
Miró la hora y luego se apresuró a seguir adelante
Han kiggede på klokken og skyndte sig så videre
Alicia se puso en pie, asombrada
Alice rejste sig forbløffet
¡Nunca antes había visto un conejo con chaleco!
Hun havde aldrig set en kanin med vest før!
¡Tampoco había visto nunca un conejo con reloj!
hun havde heller aldrig set en kanin med ur!
Alicia ardía con una nueva curiosidad
Alice brændte af en ny nysgerrighed
y corrió por el campo tras el Conejo
og hun løb over marken efter kaninen
Llegó justo a tiempo para ver desaparecer al conejo
Hun nåede lige at se kaninen forsvinde
El conejo saltó a una gran madriguera
Kaninen hoppede ned i et stort kaninhul
¡En otro momento, Alicia bajó detrás del conejo!
I et andet øjeblik gik Alice ned efter kaninen!
La madriguera del conejo seguía recto como un túnel
Kaninhullet gik lige ud som en tunnel
Y el túnel siguió avanzando a cierta distancia
og tunnelen fortsatte et stykke
Y entonces el camino de repente se hundió
og så dykkede stien pludselig ned
Alicia no tuvo ni un momento para pensar en detenerse
Alice havde ikke et øjeblik til at tænke på at stoppe sig selv
Se encontró a sí misma cayendo y abajo y abajo
Hun fandt sig selv falde ned og ned og ned
Parecía como si hubiera caído en un pozo muy profundo
det virkede, som om hun var faldet ned i en meget dyb brønd
O el pozo era muy profundo, o ella caía muy lentamente
Enten var brønden meget dyb, eller også faldt den meget langsomt
porque tenía tiempo de sobra para caer
fordi hun havde masser af tid til at falde
Mientras caía, podía mirar a su alrededor

Da hun faldt, kunne hun se sig omkring
Primero, trató de averiguar a dónde iba
Først forsøgte hun at finde ud af, hvor hun skulle hen
Pero el pozo estaba demasiado oscuro para ver nada
men brønden var for mørk til at se noget
Luego miró a los lados del pozo
Så kiggede hun på brøndens sider
Y se dio cuenta de que había armarios a su alrededor
og hun bemærkede, at der var skabe rundt om hende
y alrededor del pozo había estanterías de libros
og rundt om brønden var der bogreoler
Aquí y allá veía mapas y cuadros colgados de perchas
Her og der så hun kort og billeder hængt på pinde
Al pasar, bajó un frasco de una de las estanterías
Hun tog en krukke ned fra en af hylderne, da hun gik forbi
El frasco estaba etiquetado por su contenido
Krukken var mærket for sit indhold
"MERMELADA DE NARANJAS"
"MARMELADE LAVET AF APPELSINER"
**Pero, para su gran decepción, el frasco de mermelada estaba
vacío**
men til hendes store skuffelse var marmeladekrukken tom
No quería dejar caer el tarro de mermelada vacío
Hun ville ikke tabe den tomme marmeladekrukke
y su caída fue muy lenta
og hendes fald var meget langsomt
**Así que se las arregló para poner el frasco de mermelada en
uno de los armarios**
Så det lykkedes hende at sætte marmeladekrukken ind i et af
skabene
¡Abajo, abajo, abajo, ella cae!
Ned, ned, ned falder hun!
¿Llegaría alguna vez la caída a su fin?
Ville faldet nogensinde få en ende?
No había nada más que hacer
Der var ikke andet at gøre
así que Alicia pronto empezó a hablar consigo misma

så Alice begyndte snart at tale med sig selv

—¡Dinah me echará mucho de menos esta noche, creo!

"Dinah vil savne mig meget i aften, skulle jeg tro!"

Dinah era la gata de Alicia

Dinah var Alices kat

"Espero que se acuerden de su plato de leche a la hora del té"

"Jeg håber, de vil huske hendes underkop med mælk ved tetid."

—¡Dinah, querida, desearía que estuvieras aquí abajo conmigo!

"Dinah, min kære, jeg ville ønske, at du var hernede med mig!"

Alicia sintió que se estaba quedando dormida

Alice følte, at hun var ved at døse hen

Y de repente, ¡pum! ¡golpe!

Og så pludselig dunk! Dunk!

Cayó sobre un montón de palos

Ned faldt hun på en bunke pinde

y aterrizó sobre un montón de hojas secas

og hun landede på en bunke tørre blade

Y finalmente la larga caída por el agujero había terminado

og endelig var det lange fald ned i hullet forbi

Alicia no estaba herida en lo más mínimo

Alice var ikke det mindste såret

Y se levantó de un salto en un momento

og hun sprang op i løbet af et øjeblik

Alzó la vista, pero todo estaba oscuro sobre su cabeza

Hun kiggede op, men det var helt mørkt over hovedet

Frente a ella había otro largo pasillo

Foran hende var endnu en lang korridor

y el Conejo Blanco seguía a la vista

og den hvide kanin var stadig i syne

Corría por el pasillo

Han skyndte sig ned ad gangen

No había un momento que perder

Der var ikke et øjeblik at spilde

Alicia salió corriendo como el viento

af løb Alice som vinden

A la vuelta de la esquina giró el conejo
Rundt om hjørnet vendte kaninen
Llegó justo a tiempo para oír al conejo
Hun nåede lige at høre kaninen
"Oh, mis orejas y bigotes"
""Åh, mine ører og knurhår"
"¡Qué tarde se está haciendo!"
"Hvor det bliver sent!"
Estaba muy cerca del conejo
Hun var tæt bag kaninen
Dobló otra esquina
Hun drejede rundt om et andet hjørne
pero el Conejo ya no se dejaba ver
men kaninen var ikke længere at se
Se encontró en un pasillo largo y bajo
Hun befandt sig i en lang, lav sal
La sala estaba iluminada por una hilera de lámparas de techo
Salen blev oplyst af en række loftslamper
Había puertas por todo el pasillo
Der var døre rundt om gangen
pero todas las puertas estaban cerradas con llave
men alle døre var låst
Caminó por un lado del pasillo
Hun gik hele vejen ned ad den ene side af gangen
**Y ella había caminado todo el camino hasta el otro lado de la
sala**
og hun var gået hele vejen op på den anden side af gangen
Había intentado todas las puertas
hun havde prøvet alle døre
Y caminó tristemente por el centro del pasillo
og hun gik bedrøvet ned midt i gangen
"¿Cómo voy a volver a salir?"
"hvordan skal jeg nogensinde komme ud igen?"

De repente se encontró con una mesita
Pludselig kom hun til et lille bord
La mesa estaba hecha completamente de vidrio macizo
Bordet var lavet udelukkende af massivt glas
No había nada sobre la mesa, excepto una pequeña llave dorada
Der var intet på bordet andet end en lille gylden nøgle
¡La llave podría pertenecer a una de las puertas!
nøglen kan tilhøre en af dørene!
Pero, ¡ay! Algunas de las cerraduras eran demasiado grandes para las llaves
men ak! Nogle af låsene var for store til nøglerne
y para las otras cerraduras la llave era demasiado pequeña
og til de andre låse var nøglen for lille
Pero, en cualquier caso, la llave no abrió ninguna de las puertas
men i hvert fald åbnede nøglen ingen af dørene
Pero, ¿qué iba a hacer ella?
men hvad skulle hun gøre?
Volvió a atravesar el pasillo
Hun gik gennem gangen igen
Y esta vez se fijó en una cortina baja
og denne gang bemærkede hun et lavt forhæng
Detrás de la cortina había una puertecita
Bag gardinet var der en lille dør

La puerta tenía unos quince centímetros de alto
døren var omkring femten tommer høj
Probó la pequeña llave dorada en la cerradura
Hun prøvede den lille gyldne nøgle i låsen
Y para su gran deleite, ¡la llave encajó en la cerradura!
og til hendes store glæde passede nøglen i låsen!
Alicia abrió la puerta
Alice åbnede døren
Y encontró que la puerta daba a un pequeño pasillo
og hun fandt døren ført ind til en lille korridor
El corredor no era mucho más grande que una madriguera de ratas
Korridoren var ikke meget større end et rottehul
Se arrodilló y miró a lo largo del pasillo
Hun knælede ned og kiggede ud over korridoren
Y ella vio el jardín más hermoso que jamás hayas visto
og hun så den dejligste have, du nogensinde har set
¡Cómo anhelaba salir de ese oscuro salón
hvor hun længtes efter at komme ud af den mørke sal
cómo quería vagar entre esas flores brillantes
hvor hun ønskede at vandre blandt de lyse blomster
¡Qué genial se veían esas fuentes
hvor cool forfriskende disse springvand så ud
Pero ni siquiera podía meter la cabeza por la puerta
men hun kunne ikke engang få hovedet gennem døråbningen
-¡Oh! -exclamó Alicia con tristeza-
"Åh," sagde Alice sørgmodigt
"¡Cómo desearía poder plegarme como un telescopio!"
"Hvor ville jeg ønske, at jeg kunne folde mig sammen som et teleskop!"
"Creo que podría plegarme como un telescopio"
"Jeg tror, jeg kunne folde mig sammen som et teleskop"
"Si supiera cómo empezar"
"hvis jeg bare vidste, hvordan jeg skulle begynde"
Alicia volvió a la mesa
Alice gik tilbage til bordet
Existía la posibilidad de encontrar otra llave

der var mulighed for at finde en anden nøgle
O podría haber un libro de reglas
eller der kan være en bog med regler
El libro podría decirle cómo plegarse como un telescopio
bogen kunne fortælle hende, hvordan hun skulle folde sig
sammen som et teleskop
Esta vez encontró una botellita
Denne gang fandt hun en lille flaske
—Esta botella no estaba aquí antes —dijo Alicia—
"Denne flaske var her bestemt ikke før," sagde Alice
y atada alrededor del cuello de la botella había una etiqueta de papel
og bundet om flaskehalsen var en papiretiket
La etiqueta estaba bellamente impresa en letras grandes
Etiketten var smukt trykt med store bogstaver
"BÉBEME"
"DRIK MIG"
—No, miraré primero —dijo ella—
"Nej, jeg vil se først," sagde hun
"Veré si la botella está marcada como venenosa o no"
"Jeg vil se, om flasken er mærket som giftig eller ej,"
porque nunca olvidó la lección sobre el veneno
fordi hun aldrig glemte lektien om gift
"Si una botella está etiquetada como venenosa, es probable que no esté de acuerdo contigo"
"Hvis en flaske er mærket giftig, er den nødt til at være uenig med dig"
Sin embargo, esta botella no estaba marcada como venenosa
Denne flaske var dog ikke markeret som giftig
así que Alicia se aventuró a probar el contenido de la botella
så Alice vovede at smage på flaskens indhold
Encontró el líquido bastante de su agrado
Hun fandt væsken helt efter hendes smag
La bebida tenía una especie de sabor mezclado
Drikken havde en slags blandet smag
tarta de cerezas, natillas y piña
kirsebærtærte, vaniljesaus og ananas

Pavo asado, caramelo y tostadas con mantequilla caliente
stegt kalkun, karamel og toast med varmt smør
Y pronto acabó la botella
og hun blev snart færdig med flasken
-¡Qué sensación tan curiosa! -exclamó Alicia-
"Sikke en mærkelig følelse!" sagde Alice
"¡Me estoy pliegando como un telescopio!"
"Jeg folder mig sammen som et teleskop!"
¡Y se estaba pliegando como un telescopio!
Og hun foldede sig sammen som et teleskop!
Ahora solo medía diez pulgadas de alto
Hun var nu kun ti centimeter høj
y su rostro se iluminó con sus pensamientos
og hendes ansigt lyste op ved hendes tanker
Ahora ella tenía el tamaño adecuado para la pequeña puerta
nu havde hun den rigtige størrelse til den lille dør
Ahora podía entrar en ese hermoso jardín
nu kunne hun gå ind i den dejlige have
Pronto dejó de hacerse más pequeña
Snart holdt hun op med at blive mindre
Decidió ir al jardín de inmediato
Hun besluttede sig for at gå ud i haven med det samme
pero, ¡ay de la pobre Alicia!
men ak, for stakkels Alice!
Llegó a la puerta
Hun kom til døren
Pero había olvidado la pequeña llave de oro
men hun havde glemt den lille guldnøgle
Volvió a la mesa en busca de la llave
Hun gik tilbage til bordet for at hente nøglen
Pero se dio cuenta de que no podía llegar lo suficientemente alto
men hun fandt ud af, at hun ikke kunne nå højt nok
Podía ver la llave claramente a través del cristal
hun kunne se nøglen ganske tydeligt gennem glasset
Trató de trepar por las patas de la mesa
Hun forsøgte at kravle op ad bordbenene

Pero el cristal era demasiado resbaladizo
men glasset var alt for glat
Con el tiempo se cansó de intentarlo
Til sidst trættede hun sig selv med at prøve
Y la pobre niña se sentó y lloró
og den stakkels lille pige satte sig ned og græd
Alicia se habló a sí misma con bastante brusquedad
Alice talte temmelig skarpt til sig selv
"¡Vamos, no sirve de nada llorar así!"
"Kom, det nytter ikke noget at græde sådan!"
"¡Te aconsejo que te detengas ahora mismo!"
"Jeg råder dig til at stoppe lige nu!"
En general, se daba muy buenos consejos
Hun gav generelt sig selv meget gode råd
aunque muy rara vez seguía sus propios consejos
selvom hun meget sjældent fulgte sit eget råd
Y a veces era demasiado dura consigo misma
og hun var nogle gange for hård ved sig selv
y sus palabras hicieron que se le llenaran los ojos de lágrimas
og hendes ord bragte tårer i hendes øjne
Pronto sus ojos se posaron en una cajita de cristal
Snart faldt hendes blik på en lille glaskasse
La cajita de cristal estaba debajo de la mesa
Den lille glaskasse lå under bordet
En la caja de cristal había un pastel muy pequeño
I glaskassen lå en meget lille kage
En el pastel, algunas palabras estaban bellamente escritas
På kagen var der skrevet nogle smukke ord
Las palabras habían sido marcadas con grosellas
Ordene var markeret med ribs
"CÓMEME"
"SPIS MIG"
—Bueno, me comeré el pastel —dijo Alicia—
"Nå, jeg spiser kagen," sagde Alice
"y si el pastel me hace crecer, puedo llegar a la llave"
"og hvis kagen får mig til at vokse mig større, kan jeg nå

nøglen"
"y si el pastel me hace más pequeño, puedo arrastrarme por debajo de la puerta"
"og hvis kagen får mig til at blive mindre, kan jeg krybe ind under døren"
"así que de cualquier manera me meteré en el jardín"
"så uanset hvad, kommer jeg ud i haven"
"¡Y no me importa cuál de los dos suceda!"
"og jeg er ligeglad med, hvilken af de to der sker!"
Se comió un pedacito del pastel
Hun spiste en lille smule af kagen
Y se habló a sí misma con ansiedad:
og hun talte ængsteligt til sig selv:
—¿De qué manera? ¿Hacia dónde?
"Hvilken vej? Hvilken vej?"
Y se llevó la mano a la cabeza
og hun holdt sin hånd på sit hoved
Quería sentir de qué manera estaba creciendo
hun ønskede at føle, hvilken vej hun voksede
Se sorprendió bastante al descubrir lo que había sucedido
Hun var ret overrasket over at finde ud af, hvad der var sket
¡Había permanecido del mismo tamaño!
hun var forblevet den samme størrelse!
Así que esta vez redobló sus esfuerzos
Så denne gang fordoblede hun sin indsats
Y pronto terminó todo el pastel
og snart blev hun færdig med hele kagen

El charco de lágrimas
Tårernes pøl

-¡Esto se está poniendo cada vez más interesante! -exclamó Alicia-
"Det her bliver mere og mere interessant!" råbte Alice
Se puede ver que estaba muy sorprendida
Du kan se, at hun var meget overrasket
"¡Me estoy abriendo como el telescopio más grande que jamás haya existido!"
"Jeg åbner som det største teleskop, der nogensinde har været!"
—¡Adiós, pies! ¡Oh, mis pobres piecitos!
"Farvel, fødder! Åh, mine stakkels små fødder"
"Me pregunto quién se pondrá sus zapatos por ustedes ahora, queridos".
"Gad vide, hvem der vil tage dine sko på for dig nu, kære?"
—¿Y me pregunto quién se pondrá las medias?
"og jeg gad vide, hvem der vil tage dine strømper på?"
"Estaré demasiado lejos"
"Jeg vil være alt for langt væk"
"No podré preocuparme más por ti"
"Jeg vil ikke være i stand til at bekymre mig om dig mere"
Justo en ese momento su cabeza golpeó contra algo
Netop i dette øjeblik ramte hendes hoved mod noget
Había llegado al techo de la sala
Hun var nået op på taget af hallen
De hecho, ahora medía más de dos metros de altura
faktisk var hun nu mere end to meter høj
Y al instante tomó la pequeña llave de oro
og hun tog straks den lille guldnøgle
Y se apresuró a llegar a la puerta del jardín
og hun skyndte sig hen til havedøren
¡Pobre Alicia! No había mucho que pudiera hacer
Stakkels Alice! Der var ikke meget, hun kunne gøre
Se acostó de lado
Hun lagde sig på den ene side
Y miró al jardín con un ojo

og hun så ud i haven med det ene øje
Pero salir adelante era más desesperado que nunca
Men at komme igennem var mere håbløst end nogensinde
Se sentó y comenzó a llorar de nuevo
Hun satte sig ned og begyndte at græde igen
Siguió derramando galones de lágrimas
Hun blev ved med at fælde litervis af tårer
Pronto había un gran estanque a su alrededor
Snart var der en stor pool omkring hende
Y el agua llegaba hasta la mitad del pasillo
og vandet nåede halvvejs ned ad gangen
Al cabo de un rato, oyó un pequeño golpeteo de pies
Efter et stykke tid hørte hun en lille klapren af fødder
Oyó los pasos que venían de lejos
hun hørte fødderne komme på afstand
Y se secó los ojos apresuradamente para ver lo que venía
og hun tørrede hurtigt sine øjne for at se, hvad der ville
komme
Era el Conejo Blanco que regresaba
Det var den hvide kanin, der vendte tilbage
Iba espléndidamente vestido
han var pragtfuldt klædt
Tenía un par de guantes blancos en una mano
Han havde et par hvide handsker i den ene hånd
y tenía un gran abanico de plumas en la otra mano
og han havde en stor fjervifte i den anden hånd
Llegó trotando a toda prisa
Han kom travende af sted i stor fart
y murmuró para sí: "¡Oh! ¡La duquesa, la duquesa!
og han mumlede for sig selv: "Åh! hertuginden, hertuginden!"
—¡Oh! ¡No será salvaje si la he hecho esperar!
"Åh! vil hun ikke være vild, hvis jeg har ladet hende vente!"

Cuando el Conejo se acercó a ella, Alicia habló
Da kaninen kom hen til hende, talte Alice
Pero ella hablaba en voz baja y tímida
men hun talte med en lav, frygtsom stemme
"Señor, por favor, deje de hacer lo que está haciendo por un momento"
"Sir, vær venlig at stoppe med det, du laver et øjeblik"
El Conejo se sobresaltó violentamente
Kaninen forskrækkede voldsomt
Dejó caer los guantes blancos y el abanico de plumas
Han smed de hvide handsker og fjerviften
Y se escabulló en la oscuridad lo más rápido que pudo
og han skyndte sig ud i mørket, så hurtigt han kunne.
Alicia recogió el abanico de plumas y los guantes
Alice samlede fjerviften og handskerne op
Y no paraba de abanicarse mientras seguía hablando
og hun blev ved med at vifte sig selv, mens hun blev ved med at tale
"¡Querido, querido! ¡Qué extraño es todo hoy!"
"Kære, kære! Hvor er alt mærkeligt i dag!"

"Ayer las cosas siguieron como siempre"
"I går gik det som det plejede"
—¿Era yo el mismo cuando me levanté esta mañana?
"Var jeg den samme, da jeg stod op i morges?"
"Pero si no soy el mismo, hay otra cuestión"
"Men hvis jeg ikke er den samme, er der et andet spørgsmål"
"¿Quién demonios soy yo?"
"Hvem i alverden er jeg?"
"¡Ah, ese es el gran rompecabezas!"
"Ah, det er det store puslespil!"
Al decir esto, se miró las manos
Mens hun sagde dette, kiggede hun ned på sine hænder
Llevaba uno de los Conejos, gusanos blancos
Hun havde en af kaninernes små hvide handsker på
No se había dado cuenta de que se había puesto el guante
mientras hablaba
Hun havde ikke bemærket, at hun tog handsken på, mens hun
talte
"¿Cómo pude haber hecho eso?", pensó
"Hvordan kan jeg have gjort det?" tænkte hun
"Debo estar haciéndome pequeño otra vez"
"Jeg må være ved at blive lille igen"
Se levantó y se acercó a la mesa para medir su altura
Hun rejste sig og gik hen til bordet for at måle sin højde
Descubrió que ahora medía aproximadamente medio metro
de altura
Hun fandt ud af, at hun nu var omkring en halv meter høj
Y ella seguía encogiéndose rápidamente
og hun krympede stadig hurtigt
Pronto descubrió cuál era la causa del encogimiento
Hun fandt hurtigt ud af, hvad årsagen til skrumpningen var
¡El abanico de plumas la estaba haciendo más pequeña de
nuevo!
fjerviften gjorde hende mindre igen!
Y dejó caer el abanico de plumas apresuradamente
og hun tabte hurtigt fjerviften
Dejó caer el abanico de plumas justo a tiempo para salvarse

Hun tabte fjerviften lige i tide til at redde sig selv

Si se hubiera abanicado por más tiempo, se habría encogido por completo

hvis hun havde viftet sig længere, ville hun være skrumpet helt ind

-¡Ha sido una fuga por los pelos! -dijo Alicia-

"Det var en snæver flugt!" sagde Alice

Y se asustó mucho ante el cambio repentino

og hun var en hel del bange over den pludselige forandring

pero estaba muy contenta de encontrarse todavía en existencia

men hun var meget glad for at finde sig selv stadig i eksistens

—¡Y ahora, al jardín!

"Og nu ud i haven!"

Y corrió a toda prisa hacia la puertecita

Og hun løb med al hast tilbage til den lille dør

Pero, ¡ay! La puertecita se cerró de nuevo

men ak! den lille dør blev lukket igen

Y la pequeña llave de oro volvía a estar sobre la mesa de cristal

og den lille guldnøgle lå igen på glasbordet

"Las cosas están peor que nunca", pensó el pobre niño

"Det er værre end nogensinde!" tænkte det stakkels barn

"Nunca antes había sido tan pequeño como esto, ¡nunca!"

"Jeg har aldrig været så lille som før, aldrig!"

Al decir estas palabras, su pie resbaló

Da hun sagde disse ord, gled hendes fod

¡Y en otro momento hubo un gran chapoteo!

og i et andet øjeblik var der et stort plask!

Estaba sumergida en agua salada hasta la barbilla

hun var op til hagen i saltvand

Su primera idea fue que de alguna manera había caído al mar

Hendes første idé var, at hun på en eller anden måde var faldet i havet

Sin embargo, pronto se dio cuenta de en qué estaba metida

Hun indså dog hurtigt, hvad hun var i

Estaba en un charco de lágrimas
Hun lå i en pøl af tårer
las lágrimas que había llorado cuando tenía dos metros de altura
de tårer, hun havde grædt, da hun var to meter høj

Justo en ese momento escuchó algo
Netop da hørte hun noget
Algo chapoteaba en la piscina
Noget plaskede rundt i poolen
El chapoteo venía de un poco más lejos
plasket kom fra et stykke væk
Y se acercó nadando para ver qué era el chapoteo
og hun svømmede nærmere for at se, hvad plasket var
Pronto vio que era solo un ratoncito
Hun så snart, at det kun var en lille mus
El ratoncito también se había metido en el agua
Den lille mus var også gledet i vandet
Alicia pensó para sí misma sobre la situación
Alice tænkte ved sig selv over situationen
—¿Serviría de algo hablar con este ratón?

"Ville det være til nogen nytte at tale med denne mus?"
"Aquí todo está tan al revés"
"Alt er så på hovedet her"
"Creo que es muy probable que este ratón pueda hablar"
"Jeg vil tro meget sandsynligt, at denne mus kan tale"
"En cualquier caso, no hay nada de malo en intentarlo"
"Der er i hvert fald ingen skade i at forsøge"
Así que empezó a tratar de hablar con el ratón
Så hun begyndte at prøve at tale med musen
"Oh Ratón, ¿conoces la forma de salir de esta piscina?"
"Åh mus, kender du vejen ud af denne pool?"
—¡Estoy muy cansado de nadar por aquí, oh ratón!
"Jeg er meget træt af at svømme her, Oh Mouse!"
El ratón la miró con curiosidad
Musen kiggede temmelig nysgerrigt på hende
El ratón parecía guiñar un ojo con uno de sus ojitos
musen syntes at blinke med et af sine små øjne
Pero el ratoncito no dijo nada
men den lille mus sagde ikke noget
"A lo mejor el ratón no entiende inglés", pensó Alicia
"Måske forstår musen ikke engelsk," tænkte Alice
"Me atrevo a decir que es un ratón francés"
"Jeg tør godt sige, at det er en fransk mus"
"tal vez este ratón vino con Guillermo el Conquistador"
"måske kom denne mus over med Vilhelm Erobreren"
Así que empezó de nuevo, en francés
Så begyndte hun igen, på fransk
"¿Dónde está mi gato?", preguntó en francés
"Hvor er min kat?" spurgte hun på fransk
era la primera frase de su libro de clases de francés
det var den første sætning i hendes fransklektionsbog
El Ratón dio un súbito salto fuera del agua
Musen sprang pludselig op af vandet
y el ratón pareció temblar de miedo
og musen syntes at skælve over det hele af skræk
-¡Oh, le ruego que me perdone! -exclamó Alicia
apresuradamente-

"Åh, jeg beder Dem undskylde!" råbte Alice hurtigt

Temía haber herido los sentimientos del pobre animal

Hun var bange for, at hun havde såret det stakkels dyrs følelser

"Olvidé que no te gustaban los gatos"

"Jeg glemte helt, at du ikke kunne lide katte"

—¡No me gustan los gatos! —exclamó el ratón con voz estridente y apasionada—

"Jeg kan ikke lide katte!" råbte musen med skinger, lidenskabelig stemme

—¿Te gustaría tener gatos, si fueras yo?

"Ville du kunne lide katte, hvis du var mig?"

Alicia consoló al ratón en un tono tranquilizador

Alice trøstede musen i en beroligende tone

"Bueno, tal vez a mí tampoco me gustarían los gatos si fuera tú"

"Nå, måske ville jeg heller ikke kunne lide katte, hvis jeg var dig"

"Por favor, no te enfades por la mención de los gatos"

"Vær ikke vred over omtalen af katte"

"Y, sin embargo, desearía poder mostrarte a nuestra gata Dinah"

"Og alligevel ville jeg ønske, at jeg kunne vise dig vores kat Dinah"

"Si la conocieras, creo que te encapricharías de los gatos"

"hvis du mødte hende, tror jeg, du ville have lyst til katte"

"Si tan solo pudieras verla"

"Hvis du bare kunne se hende"

"Es una cosa tan querida y tranquila"

"Hun er sådan en kær, stille ting"

El ratón temblaba por todas partes

Musen rystede over det hele

Alicia estaba segura de que el ratón debía de estar realmente ofendido

Alice følte sig sikker på, at musen måtte være virkelig fornærmet

"No hablaremos más de ella, si prefieres no hacerlo"

"Vi vil ikke tale mere om hende, hvis du hellere ikke vil"
-¡Nosotros, en efecto! -exclamó el Ratón-
"Ja, vi!" råbte musen
El ratón temblaba hasta la punta de la cola
musen skælvede ned til enden af halen
—¡Como si fuera a hablar de un tema así!
"Som om jeg ville tale om sådan et emne!"
"Nuestra familia siempre odió a los gatos"
"Vores familie hadede altid katte"
"Gatos; ¡Cosas desagradables, bajas, vulgares!"
"katte; grimme, lave, vulgære ting!"
"¡No dejes que vuelva a escuchar el nombre!"
"Lad mig ikke høre navnet igen!"
-¡No volveré a hablar de los gatos! -dijo Alicia-
"Jeg vil ikke nævne katte igen!" sagde Alice
Tenía mucha prisa por cambiar de tema
Hun havde meget travlt med at skifte emne
"¿Eres tú... ¿Te gustan los perros?
"Er du... Er du glad for hunde?"
"Hay un perrito tan simpático cerca de nuestra casa"
"Der er sådan en dejlig lille hund i nærheden af vores hus,"
—¡Me gustaría enseñarte el perrito!
"Jeg vil gerne vise dig den lille hund!"
"Este perrito mata a todas las ratas y..."
"Denne lille hund dræber alle rotterne og ..."
-¡Oh, querida! -exclamó Alicia en tono triste-
"Åh, kære!" råbte Alice i en sørgmodig tone
"¡Me temo que te he ofendido de nuevo!"
"Jeg er bange for, at jeg har fornærmet dig igen!"
El ratón se alejaba nadando de ella tan rápido como podía
musen svømmede væk fra hende, så hurtigt den kunne gå
y el ratón hizo un gran alboroto en la piscina
og musen lavede noget postyr i dammen
Así que llamó suavemente al ratón
Så kaldte hun sagte efter musen
"¡Mi querido ratón, por favor vuelve!"
"Min kære mus, vær venlig at komme tilbage!"

"Y no hablaremos de gatos"
"Og vi vil ikke tale om katte"
"Y tampoco tenemos que hablar de perros"
"Og vi behøver heller ikke at tale om hunde"
Cuando el ratón escuchó esto, se dio la vuelta
Da musen hørte dette, vendte den sig om
Y el ratoncito nadó lentamente de regreso a ella
og den lille mus svømmede langsomt tilbage til hende
La cara del ratón estaba bastante pálida
musens ansigt var ganske blegt
Y el ratón habló, en voz baja y temblorosa
og musen talte med lav, skælvende stemme
"Vamos a la orilla"
"Lad os komme til kysten"
"y luego te contaré mi historia"
"og så skal jeg fortælle dig min historie"
"y entenderás por qué odio a los gatos y a los perros"
"og du vil forstå, hvorfor det er, at jeg hader katte og hunde"
Ya era hora de partir
Det var blevet på høje tid at tage af sted
porque la piscina se estaba llenando bastante
fordi poolen var ved at blive ret overfyldt
Otros pájaros y animales habían caído en el estanque
andre fugle og dyr var faldet i bassinet
había un pato y un dodo
der var en and og en dront,
y había un pájaro lori y un aguilucho
og der var en Lory-fugl og en ørn
Y había varias otras criaturas de aspecto interesante
og der var flere andre interessante væsener
Alicia abrió el camino para salir de la piscina
Alice førte vejen ud af poolen
Y todo el grupo de animales nadó hasta la orilla
og hele flokken af dyr svømmede til kysten

Una carrera de caucus y una larga cola
Et caucus-løb og en lang hale
De hecho, eran un grupo de animales de aspecto gracioso
De var virkelig en sjovt udseende flok dyr
Y todos se reunieron a la orilla del agua
og de samledes alle på vandbredden
Todos los pájaros tenían las plumas desaliñadas
fuglene havde alle slæbte fjer
y los animales peludos estaban empapados
og de lodne dyr blev gennemblødt
y todos estaban empapados, molestos e incómodos
og alle var dryppende våde, irriterede og utilpas

Había una pregunta que había que responder primero
Der var et spørgsmål, der skulle besvares først
¿Cuál es la mejor manera de que todos se sequen?
Hvad er den bedste måde for alle at blive tørre på?
Tuvieron una consulta sobre este asunto
De havde en konsultation om denne sag
Pronto todos se sintieron en términos familiares
snart var de alle på familiær fod

Era como si los conociera de toda la vida
det var, som om hun havde kendt dem hele sit liv
El ratón parecía ser una persona de cierta autoridad
Musen syntes at være en person med en vis autoritet
"¡Siéntense todos y escúchenme!
"Sæt jer ned, alle sammen, og lyt til mig!"
"¡Pronto los volveré a secar!"
"Jeg vil snart gøre jer alle tørre igen!"
Se sentaron todos a la vez, en un gran círculo
De satte sig alle sammen på én gang, i en stor ring
y el ratoncito se sentó en el medio
og den lille mus sad i midten
—¡Ejem! —dijo el ratón con aire importante—
"Ahem!" sagde musen med en vigtig mine
"¿Están todos listos?"
"Er I alle klar?"
"Esto es lo más seco que conozco"
"Det her er det tørreste, jeg kender"
—¡Silencio por todas partes, por favor!
"Stilhed rundt omkring, om du vil!"
"Guillermo el Conquistador fue favorecido por el Papa"
"Vilhelm Erobreren blev begunstiget af paven"
"pero pronto fue sometido por los ingleses"
"men han blev snart underkastet af englænderne"
"Últimamente querían líderes"
"De ønskede ledere på det seneste"
"Y se habían acostumbrado al poder y a la conquista"
"og de havde været vant til magt og erobring"
"Edwin y Morcar, los condes de Mercia y Northumbria"
"Edwin og Morcar, jarlerne af Mercia og Northumbria"
—¡Uf! —exclamó el pájaro lori con un escalofrío—
"Ugh!" sagde lorifuglen med en gysen
"e incluso Stigand, el patriota arzobispo de Canterbury"
"og selv Stigand, den patriotiske ærkebiskop af Canterbury"
"A él también le pareció aconsejable"
"Han fandt det også tilrådeligt"
-¿Qué le pareció aconsejable? -dijo el pato-

"Hvad fandt han tilrådeligt?" sagde anden
—Le pareció aconsejable —replicó el ratón con cierto
enfado—
"Han fandt det tilrådeligt," svarede musen temmelig skævt
Pero el pato no estaba satisfecho
men anden var ikke tilfreds
"Por supuesto, ya sabes lo que significa"
"Selvfølgelig ved du, hvad 'det' betyder"
—Sé lo que es cuando encuentro una cosa —dijo el pato—
"Jeg ved, hvad 'det' er, når jeg finder en ting!" sagde anden
"Generalmente es una rana o un gusano"
"Det er generelt en frø eller en orm"
"La pregunta es, ¿qué encontró el arzobispo?"
"Spørgsmålet er, hvad ærkebiskoppen fandt?"
El ratón no se dio cuenta de esta pregunta
Musen bemærkede ikke dette spørgsmål
En cambio, el ratón continuó apresuradamente con el
discurso
I stedet fortsatte musen hurtigt med talen
"le pareció aconsejable ir con Edgar Atheling"
"han fandt det tilrådeligt at gå med Edgar Atheling"
"para encontrarme con Guillermo y ofrecerle la corona"
"at møde William og tilbyde ham kronen"
el ratón continuó, volviéndose hacia Alicia mientras hablaba
musen fortsatte og vendte sig mod Alice, mens den talte
—¿Cómo te va ahora, querida?
"Hvordan går det med dig nu, min kære?"
—Tan mojado como siempre —dijo Alicia en tono
melancólico—
"Så våd som altid," sagde Alice i en melankolsk tone
"Esta historia no parece que me seque en absoluto"
"Denne historie ser ikke ud til at tørre mig overhovedet"
—En ese caso —dijo solemnemente el dodo, poniéndose en
pie—
"I så fald," sagde dronten højtideligt og rejste sig
"Voto que se levante la sesión"
"Jeg stemmer for, at mødet udsættes"

"y propongo la adopción inmediata de remedios más enérgicos"

"og jeg foreslår en øjeblikkelig vedtagelse af mere energiske midler"

—¡Di palabras de verdad! —dijo el aguilucho—

"Tal rigtige ord!" sagde ørnen

"No conozco el significado de la mitad de esas palabras largas"

"Jeg kender ikke betydningen af halvdelen af de lange ord"

—¡Y, lo que es más, tampoco creo que tú lo sepas!

"og hvad mere er, jeg tror heller ikke, at du ved det!"

—Lo que iba a decir —dijo el dodo en tono ofendido—

"Hvad jeg skulle sige," sagde dronten i en fornærmet tone

"Lo mejor para deshacernos sería una contienda electoral"

"Det bedste til at få os tørre ville være et caucus-løb"

—¿Qué es una contienda electoral? —preguntó Alicia

"Hvad er en caucus-race?" sagde Alice

—Bueno —dijo el dodo—, la mejor manera de explicarlo es hacerlo.

"Nå," sagde dronten, "den bedste måde at forklare det på er at gøre det."

"Primero el dodo trazó un hipódromo"

"Først markerede dronten en væddeløbsbane"

"La pista estaba en una especie de círculo"

"Nummeret var i en slags cirkel"

"Y luego todo el grupo se colocó a lo largo del recorrido"

"og så blev hele selskabet placeret langs ruten"

No hubo "¡Uno, dos, tres y fuera!"

Der var ikke noget "En, to, tre og væk!"

pero empezaron a correr cuando quisieron

men de begyndte at løbe, når de ville

Y también terminaban cuando querían

og de blev også færdige, når de ville

Así que no era fácil saber cuándo había terminado la carrera

Så det var ikke let at vide, hvornår løbet var slut

Después de media hora más o menos de correr, todos estaban bastante secos

Efter en halv times løb var de alle ret tørre

el dodo gritó de repente: "¡La carrera ha terminado!"

dronten råbte pludselig: "Løbet er slut!"

Y todos se agolparon alrededor del dodo

og de stimlede alle sammen omkring dronten

Todos los animales jadeaban y resoplaban

alle dyrene gispede og pustede

y todos querían saber: "¿Pero quién ha ganado?"

og de ville alle vide: "Men hvem har vundet?"

El dodo no pudo responder de inmediato a esta pregunta

Dette spørgsmål kunne dronten ikke umiddelbart besvare

Primero tuvo que pensar mucho

Først måtte han tænke meget

Después de pensarlo mucho, el Dodo finalmente habló

Efter mange overvejelser talte dronten endelig

"Todos han ganado y todos deben tener premios"

"Alle har vundet, og alle skal have præmier"

"¿Pero quién va a dar los premios?", preguntó un coro de voces

"Men hvem skal give præmierne?" spurgte et kor af stemmer

—Bueno, ella, por supuesto —dijo el dodo—

"Nå, hun, selvfølgelig," sagde dronten

y el dodo señaló con un dedo a Alicia

og dronten pegede med en finger på Alice

y todo el grupo de animales se agolpó a su alrededor

og hele flokken af dyr stimlede sammen om hende

gritaron, de manera confusa: "¡Premios! ¡Premios!"

råbte de på en forvirret måde: "Præmier! Præmier!"

Alicia no tenía ni idea de qué hacer

Alice anede ikke, hvad hun skulle gøre

Desesperada, se metió la mano en el bolsillo

I fortvivlelse stak hun hånden i lommen

Y sacó una caja de dulces

og hun trak en æske slik frem

Por suerte, el agua salada no había entrado en la caja

Heldigvis var saltvandet ikke kommet ind i kassen

Y repartió los dulces como premios

og hun rakte slik rundt som præmier

Había exactamente una pieza para todos

Der var præcis ét stykke til alle

Lo siguiente que tenían que hacer era comer los dulces

Det næste, de skulle gøre, var at spise slik

Esto causó algo de ruido y confusión

Dette forårsagede en del støj og forvirring

Los grandes pájaros se quejaban de que no podían saborear sus dulces

De store fugle klagede over, at de ikke kunne smage deres søde sager

Los pequeños se ahogaron y hubo que darles palmaditas en la espalda

de små blev kvalt og måtte klappes på ryggen

Sin embargo, al fin se acabó

Men det var endelig slut

y se sentaron de nuevo en un anillo

og de satte sig igen i en ring
Y le rogaron al ratón que les dijera algo más
og de bad musen om at fortælle dem noget mere
—Prometiste contarme tu historia, ¿sabes? —dijo Alicia—
"Du lovede at fortælle mig din historie, ved du," sagde Alice
E hizo otro pequeño comentario sobre los gatos en un susurro
og hun kom med endnu en lille bemærkning om katte i en hvisken
No quería volver a ofender al ratón
Hun ønskede ikke at fornærme musen igen
el ratoncito se volvió hacia Alicia y suspiró
den lille mus vendte sig mod Alice og sukkede
—¡La mía es una larga y triste historia!
"Min er en lang og trist historie!"
—Es una cola larga, sin duda —dijo Alicia—
"Det er bestemt en lang hale," sagde Alice
Y miró con asombro la cola del ratón
og hun så med forundring ned på musens hale
—¿Pero por qué le llamas cola triste?
"Men hvorfor kalder du det en trist hale?"
Y ella seguía desconcertada al respecto mientras el ratón hablaba
Og hun blev ved med at pusle over det, mens musen talte
de modo que su idea del cuento era más o menos así
så hendes idé om fortællingen var noget i retning af dette

"Fury said to
a mouse, That
he met in the
house, 'Let
us both go
to law: *I*
will prosecute
you.—
Come, I'll
take no denial:
We must have
the trial;
For really
this morning
I've
nothing
to do.'
Said the
mouse to
the cur,
'Such a
trial, dear
sir, With
no jury
or judge,
would
be wasting
our
breath.'
'I'll be
judge,
I'll be
jury,'
said
cunning
old
Fury;
'I'll
try
the
whole
cause,
and
condemn
you to
death.'"

Furia le dijo a un ratón: "Que se encontró en la casa"
Raseri sagde til en mus, at han mødtes i huset."
Vayamos los dos a la ley: yo te procesaré
Lad os begge gå rettens vej: Jeg vil retsforfølge dig
Vamos, no aceptaré ninguna negación: debemos tener el juicio
Kom, jeg vil ikke benægte: Vi må have retssagen
Porque realmente esta mañana no tengo nada que hacer
For her til morgen har jeg ikke noget at lave
Dijo el ratón al cur;
Sagde musen til forbandelsen;

Un juicio así, querido señor, sin jurado ni juez, sería una pérdida de aliento

En sådan retssag, kære herre, uden jury eller dommer, ville være at spilde vores ånde

—Seré juez, seré jurado —dijo el astuto viejo Fury—

"Jeg vil være dommer, jeg vil være jury," sagde den snedige gamle Fury

Juzgaré toda la causa y te condenaré a muerte

Jeg vil prøve hele sagen og dømme dig til døden

el ratón le habló severamente a Alicia

musen talte hårdt til Alice

"¡No estás prestando atención!"

"Du er ikke opmærksom!"

—¿En qué estás pensando?

"Hvad tænker du på?"

—Le ruego que me perdone —dijo Alicia muy humildemente—

"Jeg beder Dem undskylde," sagde Alice meget ydmygt

– ¿Habías llegado a la quinta curva, creo?

"Du var nået til det femte sving, tror jeg?"

"¡Me insultas diciendo tales tonterías!"

"Du fornærmer mig ved at tale sådan noget vrøvl!"

Y el ratón se levantó y se alejó

og musen rejste sig og gik sin vej

Alicia llamó al ratoncito

Alice kaldte på den lille mus

"¡Por favor, regresa y termina tu historia!"

"Kom tilbage og gør din historie færdig!"

Y todos los demás se unieron a coro

Og de andre sluttede sig alle til i kor

"¡Sí, por favor, termine su historia!"

"Ja, vær venlig at afslutte din historie!"

Pero el ratón se limitó a negar con la cabeza con impaciencia

Men musen rystede kun utålmodigt på hovedet

Y el ratoncito caminó un poco más rápido

og den lille mus gik lidt hurtigere

—¡Ojalá tuviera aquí a Dinah, nuestra gata! —dijo Alicia—

"Jeg ville ønske, at jeg havde Dinah, vores kat, her!" sagde
Alice
Esto causó una notable sensación entre el grupo
Dette vakte en bemærkelsesværdig sensation i partiet
Algunos de los pájaros se apresuraron a huir de inmediato
Nogle af fuglene skyndte sig straks af sted
y un canario gritó con voz temblorosa a sus hijos;
og en kanariefugl råbte med skælvende stemme til sine børn;
—¡Váyanse, queridos míos!
"Kom væk, mine kære!"
"¡Ya es hora de que estén todos en la cama!"
"Det er på høje tid, at I alle er i seng!"
Con varias excusas se fueron todos
Med forskellige undskyldninger gik de alle væk
y Alicia no tardó en quedarse sola
og Alice blev snart alene tilbage
—¡Ojalá no hubiera mencionado a Dinah!
"Jeg ville ønske, at jeg ikke havde nævnt Dinah!"
"Parece que a nadie le gusta aquí abajo"
"Ingen ser ud til at kunne lide hende hernede"
—¡Pero estoy seguro de que es la mejor gata del mundo!
"men jeg er sikker på, at hun er den bedste kat i verden!"
La pobre Alicia se echó a llorar de nuevo
Stakkels Alice begyndte at græde igen
porque se sentía muy sola y desanimada
fordi hun følte sig meget ensom og nedtrykt
Al cabo de un rato, sin embargo, volvió a oír algo
Men lidt efter hørte hun igen noget
un pequeño golpeteo de pasos a lo lejos
Lidt klapren af fodtrin i det fjerne
Y ella miró hacia arriba ansiosamente
og hun så ivrigt op

El conejo manda al pequeño Sr. Bill
Kaninen sender lille hr. Bill ind

Era el conejo blanco, que volvía trotando lentamente
Det var den hvide kanin, der travede langsomt tilbage igen
Miraba a su alrededor ansiosamente mientras se alejaba
Han så sig ængsteligt omkring, mens han gik
Parecía como si hubiera perdido algo
Han så ud, som om han havde mistet noget
Alicia le oyó murmurar para sí misma
Alice hørte ham mumle for sig selv
—¡La duquesa! ¡La duquesa! ¡Oh, mis queridas patas!
"Hertuginden! Hertuginden! Åh, mine kære poter!"
—¡Oh, mi pelo y mis bigotes!
"Åh, min pels og knurhår!"
"Ella hará que me ejecuten, estoy seguro de eso"
"Hun vil få mig henrettet, det er jeg sikker på"
—¡Tan cierto como que los hurones son hurones!
"lige så sikkert som fritter er fritter!"
"¿Dónde puedo haber dejado mis cosas, me pregunto?"
"Hvor kan jeg have tabt mine ting, spekulerer jeg?"
Alicia adivinó en un momento lo que estaba buscando
Alice gættede på et øjeblik, hvad han ledte efter

Buscaba el abanico de plumas
Han ledte efter fjerviften
Y buscaba el par de guantes blancos
og han ledte efter et par hvide handsker
Así que ella, muy bondadosamente, comenzó a buscar los guantes
Så hun begyndte meget godmodigt at lede efter handskerne
Y también buscó el abanico de plumas
og hun kiggede også efter fjerviften
Pero los guantes y el abanico de plumas no se veían por ninguna parte
men handskerne og fjerviften var ingen steder at se
Todo parecía haber cambiado desde que se bañó en la piscina
Alt syntes at have ændret sig siden hendes svømmetur i poolen
Nada era igual desde que estaba en el Gran Salón
Intet var det samme, siden hun havde været i den store sal
y la mesa de cristal había desaparecido
og glasbordet var forsvundet
Y la puertecita tampoco estaba allí
og den lille dør var der heller ikke
Muy pronto el conejo se fijó en Alicia
Meget snart lagde kaninen mærke til Alice
—la llamó en tono airado
Han kaldte på hende i en vred tone
—Mary Ann, ¿qué haces aquí?
"Mary Ann, hvad laver du herude?"
"Corre a casa en este momento"
"Løb hjem i dette øjeblik"
—¡Y tráeme un par de guantes y un abanico de plumas!
"og hent mig et par handsker og en fjervifte!"
—¡Y date prisa!
"Og vær hurtig med det!"
Alicia se habló a sí misma mientras salía corriendo
Alice talte til sig selv, da hun løb væk
—¡Debe de haberme confundido con su criada!

"Han må have forvekslet mig med sin stuepige!"
"¡Qué sorpresa se quedará cuando se entere de quién soy!"
"Hvor bliver han overrasket, når han finder ud af, hvem jeg
er!"
Al decir esto, se encontró con una casita pulcra
Da hun sagde dette, stødte hun på et nydeligt lille hus
En la puerta de la casa había una placa de bronce brillante
På døren til huset var der en lys messingplade
"W. CONEJO"
"W. RABBIT"
Entró sin llamar a la puerta
Hun gik ind uden at banke på døren
Y se apresuró a subir las escaleras
og hun skyndte sig lige ovenpå
le preocupaba conocer a la verdadera Mary Ann
hun var bekymret for, om hun ville møde den rigtige Mary
Ann
porque entonces la echarían de la casa
for så ville hun blive smidt ud af huset
**Y no sería capaz de encontrar el abanico de plumas y los
guantes**
og hun ville ikke kunne finde fjerviften og handskerne
**Alicia había encontrado el camino hacia una pequeña
habitación ordenada**
Alice havde fundet vej ind i et ryddeligt lille værelse
En la habitación había una mesa junto a la ventana
I rummet var der et bord ved vinduet
y sobre la mesa había un abanico de plumas
og på bordet lå en fjervifte
Y había dos o tres pares de diminutos guantes blancos
og der var to eller tre par små hvide handsker
Cogió el abanico de plumas y un par de guantes
Hun tog fjerviften og et par af handskerne
Y estaba a punto de salir de la habitación
og hun skulle lige til at forlade værelset
Pero entonces sus ojos se posaron en una botellita
men så faldt hendes øjne på en lille flaske

Descorchó la botella y se la llevó a los labios
Hun åbnede flasken og satte den til sine læber
"Espero que me haga crecer de nuevo"
"Jeg håber virkelig, at det vil få mig til at vokse mig stor igen"
"¡Estoy cansada de ser una cosita tan pequeña!"
"Jeg er træt af at være sådan en lillebitte ting!"
Alicia apenas se había bebido la mitad de la botella
Alice havde næppe drukket halvdelen af flasken
Su cabeza ya estaba presionada contra el techo
hendes hoved pressede allerede mod loftet
Y tuvo que agacharse
og hun måtte bøje sig ned
para salvar su cuello de ser roto
for at redde hendes nakke fra at blive brækket
Dejó apresuradamente la botella
Hun satte hurtigt flasken fra sig
"Con eso basta"
"Det er nok"
"Espero no crecer más"
"Jeg håber ikke, jeg vokser mere"
¡Ay! ¡Era demasiado tarde para desearlo!
Ak! Det var for sent at ønske det!
Ella siguió creciendo y creciendo
Hun blev ved med at vokse og vokse
y muy pronto tuvo que arrodillarse en el suelo
og meget snart måtte hun knæle ned på gulvet
Y aun así siguió creciendo
og selv da fortsatte hun med at vokse
Como último recurso, sacó un brazo por la ventana
Som en sidste ressource stak hun den ene arm ud af vinduet
Y metió un pie por la chimenea
og hun satte den ene fod op i skorstenen
"Ahora no puedo hacer más, pase lo que pase"
"Nu kan jeg ikke mere, hvad der end sker"
—¿Qué será de mí?
"Hvad skal der blive af mig?"

Alicia tuvo un poco de suerte
Alice havde et øjeblik af held
La pequeña botella mágica había tenido todo su efecto
Den lille magiske flaske havde haft sin fulde virkning
y Alicia no creció más de lo que era
og Alice blev ikke større, end hun var
Al cabo de unos minutos oyó una voz en el exterior
Efter et par minutter hørte hun en stemme udenfor
Y se detuvo a escuchar la voz
og hun standsede for at lytte til stemmen
—¡María Ana! ¡Mary Ann! -dijo la voz-
"Mary Ann! Mary Ann!" sagde stemmen
"¡Tráeme mis guantes en este momento!"
"Hent mig mine handsker i dette øjeblik!"
Luego se oyó un pequeño golpeteo de pies en la escalera
Så kom der en lille klapren af fødder på trappen
Alicia supo que era el conejo que venía a buscarla
Alice vidste, at det var kaninen, der kom for at lede efter
hende
Y tembló hasta hacer temblar la casa

og hun skælvede, indtil hun rystede huset
Se olvidó por completo de sus proporciones
hun glemte helt, hvad hendes proportioner var
Era mil veces más grande que el conejo
hun var tusind gange så stor som kaninen
Y no tenía por qué temer a un conejo
og hun havde ingen grund til at være bange for en kanin
De pronto, el conejo se acercó a la puerta
Lidt efter kom kaninen hen til døren
Y el conejito trató de abrir la puerta
og den lille kanin forsøgte at åbne døren
La puerta comenzó a abrirse hacia adentro
Døren begyndte at åbne sig indad
pero el codo de Alicia estaba apretado con fuerza contra la puerta
men Alices albue blev presset hårdt mod døren
Ese intento resultó un fracaso
Det forsøg viste sig at være en fiasko
Alicia oyó que el conejo se hablaba a sí mismo
Alice hørte kaninen tale til sig selv
"Entonces daré la vuelta y entraré por la ventana"
"Så går jeg rundt og kommer ind gennem vinduet"
«¡Que no lo harás!», pensó Alicia
"Det vil du ikke!" tænkte Alice
Y volvió a esperar un poco
og hun ventede lidt igen
Pronto oyó al conejo justo debajo de la ventana
Snart hørte hun kaninen lige under vinduet
De repente extendió la mano
Hun rakte pludselig hånden ud
Y ella hizo un arrebato en el aire
og hun gjorde et ryk i luften
No se apoderó de nada
Hun fik ikke fat i noget
Pero oyó un pequeño alarido y una caída
men hun hørte et lille skrig og et fald
Y oyó el estrépito de cristales rotos

og hun hørte et brag af knust glas
Tal vez el conejo se había caído
måske var kaninen faldet
Tal vez estaba en un invernadero
måske var han i et drivhus
Luego se oyó una voz airada; La voz del conejo
Dernæst kom en vred stemme; Kaninens stemme
"Pat, ¿dónde estás?"
"Pat, hvor er du?"
Y entonces llegó una voz que nunca antes había oído
Og så kom en stemme, hun aldrig havde hørt før
"¡Su señoría, estoy aquí!"
"Deres ære, jeg er her!"
"Estoy cavando en busca de manzanas"
"Jeg graver efter æbler"
"¡Aquí! ¡Ven y ayúdame a salir de esto!"
"Her! Kom og hjælp mig ud af det her!"
—Ahora dime, Pat, ¿qué es eso que hay en la ventana?
"Sig mig nu, Pat, hvad er det i vinduet?"
"Claro, su señoría, se lo diré"
"Selvfølgelig, Deres ære, det skal jeg fortælle Dem"
"¡Es un brazo que está en la ventana!"
"Det er en arm, der er i vinduet!"
"Bueno, un brazo no tiene nada que hacer allí"
"Tja, en arm har ikke noget at gøre der"
"¡Ve y quítate el brazo!"
"Gå hen og tag armen væk!"
Hubo un largo silencio después de esto
Der var en lang stilhed efter dette
y Alicia sólo podía oír susurros de vez en cuando
og Alice kunne kun høre hvisken nu og da
Y, por fin, volvió a extender la mano
og til sidst rakte hun hånden ud igen
Y ella hizo otro arrebato en el aire
og hun lavede endnu et ryk i luften
Esta vez hubo dos pequeños chillidos
Denne gang lød der to små skrig

y se escucharon más sonidos de vidrios rotos
og der var flere lyde af knust glas
«¡Me pregunto qué harán ahora!», pensó Alicia
"Gad vide, hvad de vil gøre nu!" tænkte Alice
"Ojalá me sacaran por la ventana"
"Jeg ville ønske, at de ville trække mig ud af vinduet"
Esperó un buen rato
Hun ventede et stykke tid
Pero durante un rato no oyó nada más
men i et stykke tid hørte hun ikke mere
Por fin se oyó el estruendo de unas ruedas
Endelig kom der en rumlen af små hjul
Y se oyó el sonido de muchas voces
og der lød lyden af en hel del stemmer
Todas las voces hablaban al unísono
alle stemmerne talte sammen
Pudo distinguir algunas de las palabras
Hun kunne opdigte nogle af ordene
—¿Dónde está la otra escalera?
"Hvor er den anden stige?"
"Bill tiene la otra escalera"
"Bill har den anden stige"
"¡Bill, ven aquí!"
"Bill, kom her!"
—¿Soportará el techo la carga?
"Vil taget bære byrden?"
—¿Quién quiere bajar por la chimenea?
"Hvem har lyst til at gå ned ad skorstenen?"
—¡No, no lo haré! ¡Tú lo haces!"
"Nej, det vil jeg ikke! Du gør det!"
—¡Aquí, Bill!
"Her, Bill!"
"¡El maestro dice que tienes que bajar por la chimenea!"
"Mesteren siger, at du skal ned ad skorstenen!"
Alicia arrastró el pie por la chimenea todo lo que pudo
Alice trak sin fod så langt ned i skorstenen, som hun kunne
Y luego esperó a ver lo que venía

og så ventede hun for at se, hvad der ville ske
Escuchó a un animalito arañar y revolver
Hun hørte et lille dyr, der kradsede og kravlede
El animalito debe estar en la chimenea
Det lille dyr skal være i skorstenen
Luego dio una fuerte patada
Så gav hun et skarpt spark
Y esperó a ver qué pasaría después
og hun ventede for at se, hvad der nu ville ske
Oyó un coro general de voces
hun hørte et generelt kor af stemmer
"¡Ahí va Bill!", dijeron todos
"Der går Bill!" sagde de alle sammen
Entonces oyó solo la voz del conejo
Så hørte hun kaninens stemme alene
"¡Tú por el seto, atrápalo!"
"Du ved hækken, fang ham!"
Hubo otro momento de silencio
Der var endnu et øjebliks stilhed
Y entonces hubo otra confusión de voces
og så var der endnu en forvirring af stemmer
"Levanta la cabeza, Brandy"
"Hold hovedet op, Brandy"
"Ten cuidado de no asfixiarlo"
"Pas på ikke at kvæle ham"
—¿Qué te pasó?
"Hvad skete der med dig?"
Por último, llegó una vocecita débil y chillona
Til sidst kom en lille svag, knirkende stemme
"Bueno, ya casi no sé"
"Nå, jeg ved næsten ikke mere"
"Gracias a todos, ahora estoy mejor"
"Tak til jer alle, jeg har det bedre nu"
"Hay una cosa que puedo recordar"
"der er én ting, jeg kan huske"
"Algo viene hacia mí como un tren en un túnel"
"Noget kommer imod mig som et tog i en tunnel"

"¡Y vuelo hacia arriba como un cohete!"
"og op flyver jeg som en raket!"
Hubo uno o dos minutos de silencio
Der var et minut eller to med stilhed
Y entonces empezaron a moverse de nuevo
og så begyndte de at bevæge sig rundt igen
y Alicia oyó hablar de nuevo al Conejo
og Alice hørte kaninen tale igen
"Un túmulo servirá, para empezar"
"En gravhøj vil være nok, til at begynde med"
«¿Un túmulo lleno de qué?», pensó Alicia
"En gravhøj af hvad?" tænkte Alice
Pero no la mantuvieron en suspenso por mucho tiempo
Men hun blev ikke holdt i spænding længe
Una lluvia de guijarros entró por la ventana
En byge af små småsten kom ind gennem vinduet
Y algunas de las piedrecitas le golpearon en la cara
og nogle af de små småsten ramte hende i ansigtet
Alicia se sorprendió por los guijarros
Alice var overrasket over de små småsten
Todos los guijarros se estaban convirtiendo en pasteles
alle de små småsten blev til kager
Y una idea brillante se le ocurrió
og en lys idé kom til hendes hoved
"Debería comerme uno de estos pasteles"
"Jeg burde spise en af disse kager"
"El pastel seguramente hará algún cambio en mi tamaño"
"kage vil helt sikkert ændre sig i min størrelse"
Así que se tragó uno de los pasteles
Så slugte hun en af kagerne
Y se alegró al descubrir que empezaba a encogerse
og hun var glad for at opdage, at hun begyndte at skrumpe
ind
**Pronto fue lo suficientemente pequeña como para pasar por
la puerta**
snart var hun lille nok til at komme gennem døren
Salió corriendo de la casa

Hun løb ud af huset
Una multitud de animalitos y pájaros esperaban afuera
En flok små dyr og fugle ventede udenfor
todos los pajaritos y animales se abalanzaron sobre Alicia
alle de små fugle og dyr styrtede mod Alice
Pero ella huyó lo más rápido que pudo
men hun løb af sted så hurtigt hun kunne
Y pronto se encontró a salvo en un espeso bosque
og snart befandt hun sig i sikkerhed i en tæt skov
Alicia vagaba por el bosque
Alice vandrede rundt i skoven
Y pensó para sí misma:
og hun tænkte ved sig selv:
"Sé lo que tengo que hacer primero"
"Jeg ved, hvad jeg skal gøre først"
"Primero tengo que volver a crecer hasta el tamaño adecuado"
"Først skal jeg vokse til min rigtige størrelse igen"
"Y luego tengo que encontrar mi camino hacia ese hermoso jardín"
"og så skal jeg finde vej ind i den dejlige have"
"Supongo que debería comer o beber una cosa u otra"
"Jeg formoder, at jeg burde spise eller drikke et eller andet"
"Pero la pregunta es ¿qué debo comer o beber?"
"men spørgsmålet er, hvad skal jeg spise eller drikke?"
Alicia miró a su alrededor las flores
Alice kiggede rundt på blomsterne
Y miró a través de las briznas de hierba
og hun så gennem græsstråene
pero no podía ver nada de comer ni de beber
men hun kunne ikke se noget at spise eller drikke
Nada parecía ser lo adecuado para comer o beber
Intet lignede det rigtige at spise eller drikke
Había un gran hongo creciendo cerca de ella
Der voksede en stor svamp i nærheden af hende
el hongo tenía aproximadamente la misma altura que Alicia
svampen var omtrent samme højde som Alice

Se estiró de puntillas
Hun strakte sig op på tæer
Y se asomó por el borde del hongo
og hun kiggede ud over kanten af svampen
**Sus ojos se encontraron inmediatamente con los ojos de una
gran oruga azul**
Hendes øjne mødte straks øjnene på en stor blå larve
La oruga estaba sentada en la parte superior del hongo
Larven sad på toppen af svampen
y la oruga se había cruzado de brazos
og larven havde lagt alle hans arme over kors
Y estaba fumando tranquilamente una larga cachimba
og han røg stille en lang vandpibe
y no hizo la menor atención a nada
og han tog ikke den mindste notits af noget
y ciertamente no le prestó atención a Alicia
og han lagde bestemt ikke mærke til Alice

Consejos de una oruga
Råd fra en larve

Por fin, la oruga se quitó la pipa de la boca
Til sidst tog larven vandpiben ud af munden
y se dirigió a Alicia con voz lánguida y soñolienta
og han henvendte sig til Alice med en sløv, søvnig stemme
—¿Quién eres? —preguntó la oruga
"Hvem er du?" sagde larven

Alicia respondió, con cierta timidez: "No lo sé, señor"
Alice svarede temmelig genert: "Jeg ved det næsten ikke, sir"
"Justo en este momento está todo un poco..."
"Lige i øjeblikket er det hele lidt..."
"Sé quién era cuando me levanté esta mañana"
"Jeg ved, hvem jeg var, da jeg stod op i morges""
"pero creo que debo haber cambiado varias veces desde entonces"
"men jeg tror, jeg må have ændret mig flere gange siden da"
—¿Qué quieres decir con eso? —dijo la oruga—
"Hvad mener du med det?" sagde larven
Con severidad, la oruga le pidió que se explicara

Strengt bad larven hende om at forklare sig
—Me temo que no puedo explicarme, señor —dijo Alicia—
"Jeg kan ikke forklare mig, er jeg bange for, sir," sagde Alice
"porque no soy yo mismo"
"fordi jeg ikke er mig selv"
"Verás, tener tantos tamaños diferentes en un día es muy confuso"
"Ser du, det er meget forvirrende at være så mange forskellige størrelser på en dag"
Se incorporó y dijo muy gravemente:
Hun rejste sig op og sagde meget alvorligt:
"Creo que primero deberías decirme quién eres"
"Jeg synes, du skal fortælle mig, hvem du er, først"
"¿Por qué?", dijo la oruga
"Hvorfor?" sagde larven
Alicia no se le ocurría ninguna buena razón
Alice kunne ikke komme i tanke om nogen god grund
Y la oruga parecía estar en un estado de ánimo muy desagradable
og larven syntes at være i en meget ubehagelig sindstilstand
Así que se dio la vuelta
Så hun vendte sig bort
"¡Vuelve!", la oruga la llamó
"Kom tilbage!" råbte larven efter hende
"¡Tengo algo importante que decir!"
"Jeg har noget vigtigt at sige!"
Alicia se dio la vuelta y volvió otra vez
Alice vendte sig om og kom tilbage igen
—Mantén la calma —dijo la oruga—
"Hold dit temperament!" sagde larven
-¿Eso es todo? -preguntó Alicia
"Er det alt?" sagde Alice
Y se tragó su rabia lo mejor que pudo
og hun slugte sin vrede, så godt hun kunne
—No —dijo la oruga—
"Nej," sagde larven
La oruga desplegó sus brazos

larven foldede sine arme ud
Y volvió a sacarse la pipa de la boca
og han tog vandpiben ud af munden igen
y él dijo: "Así que Ud. piensa que Ud. ha cambiado, ¿verdad?"
og han sagde: "Så du tror, du er forandret, gør du?"
—Me temo, he cambiado, señor —dijo Alicia—
"Jeg er bange for, at jeg er forandret, sir," sagde Alice
"No puedo recordar las cosas como solía recordarlas"
"Jeg kan ikke huske ting, som jeg plejede at huske dem"
"¡Y no me quedo del mismo tamaño por más de diez minutos!"
"og jeg forbliver ikke den samme størrelse i mere end ti minutter!"
"¿Qué tamaño quieres tener?", preguntó la oruga
"Hvilken størrelse vil du have?" spurgte larven
—Oh, no me importa especialmente el tamaño que tenga — respondió Alicia apresuradamente—
"Åh, jeg er ikke særlig ligeglad med, hvilken størrelse jeg har," svarede Alice hurtigt
"Simplemente no me gusta cambiar de tamaño tan a menudo, ya sabes"
"Jeg kan bare ikke lide at skifte størrelse så ofte, du ved"
"Me gustaría ser un poco más grande, señor"
"Jeg vil gerne være lidt større, sir"
—Si no te importa —añadió Alicia—
"hvis du ikke har noget imod det," tilføjede Alice
"Diez centímetros es una altura tan miserable para ser"
"Ti centimeter er sådan en elendig højde at være"
-¡Es una altura muy buena! -exclamó la oruga con rabia-
"Det er virkelig en meget god højde!" sagde larven vredt
Y se irguió mientras hablaba
og han rejste sig oprejst, mens han talte
Medía exactamente diez centímetros de alto
Han var præcis ti centimeter høj
En uno o dos minutos, la oruga bajó del hongo
I løbet af et minut eller to kom larven ned af svampen

Y se arrastró por la hierba
og han kravlede væk i græsset
Al alejarse, hizo algunas pequeñas observaciones
Da han gik, kom han med nogle små bemærkninger
"Un lado te hará crecer más alto"
"Den ene side vil få dig til at vokse dig højere"
"Y el otro lado te hará acortar"
"og den anden side vil få dig til at blive kortere"
«¿Un lado de qué?», pensó Alicia para sí misma
"Den ene side af hvad?" tænkte Alice for sig selv
—¿El otro lado de qué?
"Den anden side af hvad?"
—El costado del hongo —dijo la oruga—
"Siden af svampen!" sagde larven
Era como si hubiera hecho su pregunta en voz alta
det var, som om hun havde stillet sit spørgsmål højt
Y en otro momento, se perdió de vista
og i et andet øjeblik var han ude af syne
Alicia se quedó mirando pensativa el hongo
Alice blev ved med at kigge eftertænksomt på svampen
Estaba tratando de distinguir cuáles eran los dos lados del hongo
Hun prøvede at finde ud af, hvilke sider der var de to sider af svampen
Por fin, estiró los brazos alrededor de la seta
Til sidst strakte hun armene om svampen
Y rompió un poco los bordes
og hun brækkede lidt af kanterne af
"Y ahora, ¿qué lado es cuál?", se dijo a sí misma
"Og hvilken side er nu hvilken?" sagde hun til sig selv
Y mordisqueó un poco de la parte de la mano derecha
og hun nappede lidt af den højre bit
Al momento siguiente sintió un violento golpe debajo de la barbilla
I næste øjeblik mærkede hun et voldsomt slag under hagen
¡Su barbilla había golpeado su pie!
hendes hage havde ramt hendes fod!

Estaba bastante asustada por este cambio tan repentino
Hun blev en hel del skræmt af denne meget pludselige
ændring
Se estaba encogiendo muy rápidamente
Hun skrumpede meget hurtigt
**Así que rápidamente se comió un poco del otro trozo de
champiñón**
Så hun spiste hurtigt noget af den anden smule svamp
Su barbilla estaba muy presionada contra su pie
Hendes hage var presset meget tæt mod hendes fod
Apenas había espacio para abrir la boca
der var knap nok plads til at åbne munden
Pero al fin logró abrir la boca
men det lykkedes hende endelig at åbne munden
Y tragó un bocado del pedazo de la mano izquierda
og hun slugte en bid af det venstre bid
-¡Por fin me han liberado la cabeza! -exclamó Alicia-
"Mit hoved er endelig blevet befriet!" sagde Alice
Se miró a sí misma
Hun kiggede ned på sig selv
**Pero todo lo que podía ver era una inmensa longitud de
cuello**
men det eneste, hun kunne se, var en umådelig længde af
halsen
Su cuello parecía elevarse como un tallo
hendes hals syntes at rejse sig som en stilk
Y miró hacia abajo sobre un mar de hojas verdes
og hun så ned over et hav af grønne blade
—¿A dónde han llegado mis hombros?
"Hvor er mine skuldre blevet af?"
"Y oh, mis pobres manos, ¿cómo es que no puedo verte?"
"Og åh, mine stakkels hænder, hvordan kan det være, at jeg
ikke kan se dig?"
Pero su cuello tenía un beneficio
men hendes hals havde en fordel
Podía mover la cabeza en cualquier dirección
Hun kunne bevæge hovedet i alle retninger

De hecho, era como una serpiente
faktisk var hun ligesom en slange
Ella zigzagueó con gracia con la cabeza hacia abajo
Hun zigzaggede yndefuldt hovedet ned
Y movió la cabeza entre los árboles
og hun bevægede sit hoved mellem træerne
Pero entonces oyó un silbido agudo
men så hørte hun et skarpt hvæsen
Y rápidamente echó la cabeza hacia atrás
og hun trak hurtigt hovedet tilbage
Una gran paloma había volado hacia su cara
En stor due var fløjet ind i hendes ansigt
y la paloma se agitó violentamente con sus alas
og duen var voldsomt med sine vinger

-¡Serpiente! -exclamó la paloma-

"Slange!" råbte duen

-¡No soy una serpiente! -exclamó Alicia indignada-

"Jeg er ikke en slange!" sagde Alice indigneret

"¡Déjame en paz!"

"Lad mig være i fred!"

"He probado las raíces de los árboles"

"Jeg har prøvet træernes rødder"

—Y he probado setos —prosiguió la paloma—

"og jeg har prøvet hække," fortsatte duen

—¡Pero esas serpientes! ¡No hay forma de complacerlos!"

"Men de slanger! Der er ikke noget, der behager dem!"

Alicia estaba cada vez más desconcertada

Alice blev mere og mere forvirret

-Como si ya fuera bastante trabajo incubar los huevos -dijo la paloma-

"Som om det ikke var besværligt nok at udruge æggene!" sagde duen

—¡De noche y de día también tengo que estar atento a las serpientes!

"Nat og dag må jeg også passe på slanger!"

"Acababa de encontrar el árbol más alto del bosque"

"Jeg havde lige fundet det højeste træ i skoven"

—¿Estaría libre de serpientes aquí?

"Jeg ville vel være fri for slanger her?"

"¡Y sale una serpiente del cielo!"

"Og ud kommer en slange fra himlen!"

-¡Pero yo no soy una serpiente, te lo aseguro! -dijo Alicia-

"Men jeg er ikke en slange, siger jeg dig!" sagde Alice

"Soy un... Soy un... Soy una niña —añadió con cierta duda—

"Jeg er en... Jeg er en... Jeg er en lille pige," tilføjede hun temmelig tvivlende

Después de todo, había estado pasando por muchos cambios

Hun havde trods alt gennemgået en masse forandringer

—Estás buscando huevos —dijo la paloma—

"Du leder efter æg!" sagde duen

"Lo sé con certeza"

"Det ved jeg med sikkerhed"
—¿Y qué importa si eres una niña o una serpiente?
"Og hvad betyder det, om du er en lille pige eller en slange?"
—A mí me importa mucho —dijo Alicia apresuradamente—
"Det betyder en hel del for mig," sagde Alice hurtigt
"pero no estoy buscando huevos, como suele ser"
"men jeg leder ikke efter æg, som det sker"
"Y de todos modos no querría tus huevos"
"og jeg vil ikke have dine æg alligevel"
"No me gustan los huevos crudos"
"Jeg kan ikke lide mine æg rå"
-¡Pues váyase! -dijo la paloma en tono malhumorado-
"Nå, så gå af!" sagde duen i en surmulende tone
Y la paloma se instaló de nuevo en su nido
og duen slog sig ned i sin rede igen
Alicia se agachó entre los árboles lo mejor que pudo
Alice krøb sammen mellem træerne, så godt hun kunne
Su cuello no dejaba de enredarse entre las ramas
hendes hals blev ved med at blive viklet ind mellem grenene
De vez en cuando tenía que detenerse y desenroscar el cuello
Af og til måtte hun stoppe op og vride nakken
Al cabo de un rato se acordó de la seta
Efter et stykke tid huskede hun svampen
Todavía sostenía los trozos de hongo en sus manos
Hun holdt stadig svampestykkerne i sine hænder
Y se puso a trabajar con mucho cuidado
og hun gik meget forsigtigt i gang med arbejdet
Primero mordisqueó una pieza
først nippede hun i et stykke
Y luego mordisqueó la otra pieza
og så nippede hun til det andet stykke
A veces crecía
Nogle gange blev hun højere
y a veces se acortaba
og nogle gange blev hun kortere
pero finalmente alcanzó su altura habitual
men endelig opnåede hun sin sædvanlige højde

Hacía tiempo que no era de su estatura
hun havde ikke været sin egen højde i nogen tid
Así que todo se sintió extraño por un tiempo
Så alt føltes mærkeligt i et stykke tid
"Lo siguiente que hay que hacer es entrar en ese hermoso jardín"
"Den næste ting at gøre er at komme ind i den smukke have"
—¿Cómo se va a hacer eso, me pregunto?
"hvordan skal det gøres, spekulerer jeg?"
Al decir esto, llegó a un lugar abierto
Da hun sagde dette, kom hun til et åbent sted
Había una casita, un poco más de un metro de altura
Der var et lille hus, lidt højere end en meter
"Me pregunto quién vive en esta casita"
"Gad vide, hvem der bor i dette lille hus"
"Ciertamente no puedo entrar tan grande como soy"
"Jeg kan bestemt ikke gå ind så stort, som jeg er"
—¡Los asustaría terriblemente!
"Jeg ville skræmme dem frygteligt!"
Así que volvió a mordisquear el pequeño champiñón
Så hun nappede i den lille svamp igen
Y pronto bajó treinta centímetros
og snart bragte hun sig selv ned tredive centimeter

Un cerdo y un poco de pimienta
En gris og lidt peber
Durante uno o dos minutos se quedó mirando la casa
I et minut eller to stod hun og kiggede på huset
De repente, un lacayo salió corriendo del bosque
Pludselig kom en fodmand løbende ud af skoven
Vestía un uniforme especial
Han var iført en særlig uniform.
A juzgar solo por su rostro, ella lo habría llamado pez
At dømme kun efter hans ansigt ville hun have kaldt ham en
fisk
Y golpeó fuertemente la puerta con los nudillos
og han bankede højlydt på døren med sine knoer
La puerta fue abierta por otro lacayo
Døren blev åbnet af en anden fodgænger
Este lacayo también llevaba una librea especial
Denne fodmand var også iført en særlig bemaling
**Este lacayo tenía una cara redonda y ojos grandes como los
de una rana**
Denne fodmand havde et rundt ansigt og store øjne som en frø

El lacayo, que parecía un pez, inició la ceremonia
Fodfolket, der lignede en fisk, indledte ceremonien
Sacó algo de debajo de su brazo
Han trak noget ud under armen
Y sacó de debajo del brazo un sobre
og han trak en konvolut frem under armen
Y este sobre se lo entregó al otro lacayo
og denne konvolut rakte han til den anden fodmand
En tono ceremonioso le comunicó las órdenes
i en højtidelig tone fortalte han ham ordrerne
"Este mensaje es para la duquesa"
"Dette budskab er til hertuginden"
"Una invitación de la reina a jugar al croquet"
"En invitation fra dronningen til at spille kroket"
El lacayo, que parecía una rana, repitió la orden
Fodfolket, der lignede en frø, gentog ordren
"De la Reina"
"Fra dronningen"
"Una invitación"
"en invitation"
"para la duquesa"
"for hertuginden"
"Jugar al croquet"
"At spille kroket"
Entonces ambos se inclinaron profundamente
Så bøjede de sig begge dybt
y los rizos de sus pelucas se enredaron
og krøllerne i deres parykker blev viklet ind i hinanden
Pronto el lacayo que parecía un pez se había ido
Snart var fodfolket, der lignede en fisk, væk
Pero el lacayo que parecía una rana todavía estaba allí
men fodfolket, der lignede en frø, var der stadig
Estaba sentado en el suelo, cerca de la puerta
Han sad på jorden nær døren
Estaba mirando estúpidamente al cielo
Han stirrede dumt op i himlen
Alicia se acercó tímidamente a la puerta y llamó

Alice gik frygtsomt hen til døren og bankede på
—Es inútil llamar a la puerta —dijo el lacayo—
"Det nytter ikke noget at banke på," sagde fodfolket
"Y eso es por dos razones"
"Og det er af to grunde"
"Primero, porque estoy del mismo lado de la puerta que tú"
"For det første fordi jeg er på samme side af døren som dig"
"En segundo lugar, porque están haciendo mucho ruido dentro"
"For det andet fordi de larmer så meget indeni"
"Nadie podría escucharte"
"Ingen kunne umuligt høre dig"
Y, ciertamente, había un ruido extraordinario en su interior
Og der foregik bestemt en højst usædvanlig støj indeni
un aullido y estornudos constantes
en konstant hylen og nys
y de vez en cuando se oye un gran estruendo
og nu og da en lyd af store brag
como si un plato o una tetera se hubieran roto en pedazos
som om en skål eller kedel var blevet brudt i stykker
-¿Cómo voy a entrar? -preguntó Alicia
"Hvordan skal jeg komme ind?" spurgte Alice
—¿Deberías entrar? —dijo el lacayo—
"Skal du overhovedet komme ind?" sagde fodfolket
"Esa es la primera pregunta, ya sabes"
"Det er det første spørgsmål, du ved"
Alicia abrió la puerta y entró
Alice åbnede døren og gik ind
La puerta conducía directamente a una gran cocina
Døren førte lige ind i et stort køkken
La cocina estaba llena de humo de un extremo a otro
Køkkenet var fyldt med røg fra den ene ende til den anden
en medio de la cocina estaba la duquesa
midt i køkkenet stod hertuginden
Estaba sentada en un taburete de tres patas
Hun sad på en trebenet skammel
Y ella estaba amamantando a un bebé

og hun ammede et barn
El cocinero estaba inclinado sobre el fuego
Kokken lænede sig ind over ilden
Estaba removiendo un gran caldero
Han rørte i en stor caldron
y el caldero parecía estar lleno de sopa
og caldron syntes at være fuld af suppe
"¡Ciertamente hay demasiada pimienta en esa sopa!" —se dijo Alicia
"Der er helt sikkert for meget peber i den suppe!" sagde Alice til sig selv
Lo dijo lo mejor que pudo, sin estornudar
Hun sagde det, så godt hun kunne, uden at nyse
Incluso la duquesa estornudaba de vez en cuando
Selv hertuginden nyste af og til
Pero las acciones del bebé fueron las más notables
men babyens handlinger var de mest bemærkelsesværdige
El bebé estornudaba y aullaba alternativamente
Babyen nyste og hylede skiftevis
No hubo un momento de pausa entre aullidos y estornudos
Der var ikke et øjebliks pause mellem hyl og nys
Había dos criaturas en la cocina que no estornudaban
Der var to væsner i køkkenet, der ikke nyste
El cocinero estaba demasiado ocupado para estornudar
kokken havde for travlt til at nyse
Y al gran gato no pareció importarle el pimiento
og den store kat så ikke ud til at have noget imod peberfrugten
En cambio, el gran gato sonreía de oreja a oreja
I stedet grinede den store kat fra øre til øre
-Por favor, ¿podría decírmelo -dijo Alicia, un poco tímidamente-
"Vil du fortælle mig det," sagde Alice lidt frygtsomt
"¿Por qué tu gato sonríe así?"
"Hvorfor griner din kat sådan?"
-Es un gato de Cheshire -dijo la duquesa-
"Det er en Cheshire-kat," sagde hertuginden

"Y por eso está sonriendo de oreja a oreja"

"Og det er derfor, han griner fra øre til øre"

"No sabía que un gato de Cheshire siempre sonreía"

"Jeg vidste ikke, at en Cheshire-kat altid grinede"

—De hecho, no sabía que los gatos podían sonreír —dijo
Alicia—

"faktisk vidste jeg ikke, at katte kunne grine," sagde Alice

-Hay muchas cosas que no sabes -dijo la duquesa-

"Der er meget, du ikke ved," sagde hertuginden

"Hay muchas cosas que no sabes y eso es un hecho"

"Der er meget, du ikke ved, og det er en kendsgerning"

En ese momento, el cocinero retiró el caldero de sopa del
fuego

Netop da tog kokken suppegryden af ilden

Y en seguida se puso a tirar todo lo que estaba a su alcance

og straks begyndte hun at kaste alt inden for sin rækkevidde

arrojó todo lo que pudo a la duquesa y al bebé

hun kastede alt, hvad hun kunne, efter hertuginden og barnet

Primero arrojó los hierros de fuego

først kastede hun ildjernene

Luego tiró un puñado de cacerolas

Så kastede hun en håndfuld gryder

y finalmente tiró los platos y las fuentes

og til sidst kastede hun tallerkenerne og fadet

La duquesa no le hizo caso

Hertuginden tog ikke notits af hende

Incluso cuando fue golpeada por un plato, no se preocupó

selv når hun blev ramt af en tallerken, bekymrede hun sig ikke

El bebé ya estaba aullando tanto

babyen hylede allerede så meget

Así que era imposible decir si los golpes lastimaban al bebé
o no

Så det var umuligt at sige, om slagene gjorde ondt på barnet
eller ej

—¡Oh, por favor, ten cuidado con lo que estás haciendo! —
exclamó Alicia—

"Åh, vær så venlig at passe på, hvad du laver!" råbte Alice

Y saltaba de un lado a otro en una agonía de terror

og hun hoppede op og ned i en angst af rædsel

la duquesa le ofreció a Alicia el bebé

hertuginden tilbød Alice barnet

"¡Aquí! ¡Puedes amamantar un poco al bebé, si quieres!"

"Her! Du kan amme barnet lidt, hvis du vil!"

Y le arrojó al bebé mientras hablaba

og hun kastede barnet efter sig, mens hun talte

"Tengo que ir a prepararme para jugar al croquet con la reina"

"Jeg må gå og gøre mig klar til at spille kroket med dronningen"

Y se apresuró a salir de la habitación

og hun skyndte sig ud af værelset

Alicia atrapó al bebé con cierta dificultad

Alice fangede barnet med noget besvær

porque era una criatura de forma muy extraña

fordi det var et meget mærkeligt formet lille væsen

Y el bebé extendió los brazos y las piernas en todas direcciones

og barnet rakte sine arme og ben ud i alle retninger

«Será mejor que me lleve a este niño conmigo», pensó Alicia

"Jeg må hellere tage dette barn med mig," tænkte Alice

"Seguro que matarán a este bebé en uno o dos días"

"De er sikre på at dræbe denne baby i løbet af en dag eller to"

—¿No sería un asesinato dejar atrás a este bebé?

"Ville det ikke være mord at efterlade denne baby?"

Dijo las últimas palabras en voz alta

Hun sagde de sidste ord højt

Y la cosita gruñó en respuesta

og den lille ting gryntede som svar

—Será mejor que no te conviertas en un cerdo, querida — dijo Alicia—

"Du må hellere lade være med at blive til et svin, min kære," sagde Alice

"o de lo contrario no tendré nada más que ver contigo"

"ellers har jeg ikke mere med dig at gøre"

Alicia empezaba a pensar para sí misma:
Alice var lige begyndt at tænke ved sig selv:
"Ahora, ¿qué voy a hacer con esta criatura cuando la lleve a casa?"
"Hvad skal jeg nu gøre med dette væsen, når jeg får det hjem?"
Pero entonces la pequeña criatura gruñó un poco violentamente
men så gryntede det lille væsen lidt voldsomt
y Alicia lo miró a la cara con cierta alarma
og Alice så ned i dens ansigt i en vis forskrækkelse
Esta vez no podía haber error al respecto
Denne gang kunne der ikke være nogen tvivl om det
No era ni más ni menos que un cerdo
det var hverken mere eller mindre end en gris
Así que dejó a la pequeña criatura en el suelo
Så satte hun det lille væsen ned
y la pequeña criatura se aleja trotando tranquilamente hacia el bosque
og det lille væsen travede stille væk i skoven
Alicia se sintió bastante aliviada al ver que la criatura se iba
Alice følte sig ret lettet over at se væsenet forsvinde
Alicia se sobresaltó un poco al ver al Gato de Cheshire
Alice blev lidt forskrækket over at se Cheshire-katten
Estaba sentado en la rama de un árbol a pocos metros de distancia
den sad på en gren af et træ et par meter væk
El gato solo sonrió cuando la vio
Katten grinede kun, da den så hende
—Gato de Cheshire —empezó Alicia, bastante tímidamente—
"Cheshire-kat," begyndte Alice temmelig frygtsomt
—¿Podría decirme, por favor, qué camino debo tomar desde aquí?
"Vil du være så venlig at fortælle mig, hvilken vej jeg skal gå herfra?"
—En esa dirección —dijo el gato—
"I den retning," sagde katten

Y agitó la pata derecha
og den viftede med højre pote rundt
"En esa dirección vive un fabricante de sombreros"
"I den retning bor en hatteskaber"
Y entonces el gato agitó su otra pata
og så viftede katten med den anden pote
"Y en esa dirección vive una liebre de marzo"
"Og i den retning bor en marchhare"
"Visita a cualquiera de los que quieras; los dos están locos"
"Besøg hvem du vil; de er begge gale"
—Pero yo no quiero andar entre locos —comentó Alicia—
"Men jeg vil ikke gå blandt gale mennesker," bemærkede Alice
—Oh, no puedes evitarlo —dijo el Gato—
"Åh, det kan du ikke gøre for!" sagde katten
"Aquí estamos todos locos"
"Vi er alle gale her"
"¿Vas a jugar al croquet con la reina hoy?"
"Spiller du krocket med dronningen i dag?"
—Me gustaría mucho —dijo Alicia—
"Det vil jeg gerne," sagde Alice
"pero todavía no me han invitado"
"men jeg er ikke blevet inviteret endnu"
—Allí me verás —dijo el Gato—
"Du vil se mig der!" sagde katten
Y de un momento a otro el gato desapareció
og fra det ene øjeblik til det andet forsvandt katten
pronto Alicia llegó a la vista de la casa de la liebre de marzo
snart fik Alice øje på harens hus
Era una casa muy grande
Det var et meget stort hus
así que Alicia no quiso acercarse a la casa
så Alice ønskede ikke at gå i nærheden af huset
Primero tuvo que mordisquear un poco más del trozo de champiñón del lado izquierdo
Først måtte hun nappe noget mere af den venstre bit af svampen

Una fiesta de té loca

Et vanvittigt teselskab

Delante de la casa había un árbol

Foran huset var der et træ

y debajo del árbol había una mesa

og under træet var der et bord

y la mesa estaba puesta con toda clase de cubiertos

og bordet var dækket med alle slags bestik

La Liebre de Marzo y el Sombrerero estaban sentados a la mesa

Marchharen og hattemageren sad ved bordet

y juntos estaban tomando el té

og sammen drak de te

Un lirón estaba sentado entre ellos

En dormus sad mellem dem

y el lirón se durmió profundamente

og dormusen sov dybt

La mesa era de un tamaño extraordinario

Bordet var af ekstraordinær størrelse

Pero la mayor parte de la mesa estaba desocupada

men det meste af bordet var ubeboet

Se sentaron apiñados en una esquina de la mesa

De sad stuvet sammen i et hjørne af bordet

y, sin embargo, se excusaban cuando veían a Alicia

og alligevel undskyldte de, da de så Alice

"¡No hay espacio! ¡No hay lugar!", gritaron

"Ingen plads! Ingen plads!" råbte de

-¡Hay sitio de sobra! -exclamó Alicia indignada-

"Der er masser af plads!" sagde Alice indigneret

En un extremo de la mesa había un gran sillón

I den ene ende af bordet var der en stor lænestol

y Alicia se sentó en el sillón

og Alice satte sig selv i lænestolen

El sombrerero abrió mucho los ojos

Hattemageren spærrede øjnene op

No podía creer lo que estaba viendo

Han kunne ikke tro, hvad han så

Pero su mente tenía curiosidad por otras cosas
men hans sind var nysgerrigt efter andre ting
—¿Por qué un cuervo es como un escritorio?
"Hvorfor er en ravn som et skrivebord?"
Alicia estaba abierta al reto
Alice var åben for udfordringen
"Me alegro de que hayan empezado a hacer adivinanzas"
"Jeg er glad for, at de er begyndt at stille gåder"
—Creo que puedo adivinarlo —añadió en voz alta—
"Det tror jeg, jeg kan gisne mig til," tilføjede hun højt
La liebre de marzo sintió curiosidad por Alicia
Marchharen blev nysgerrig efter Alice
"¿De verdad crees que puedes encontrar la respuesta?"
"Tror du virkelig, at du kan finde svaret?"
—Creo que puedo encontrar la respuesta —dijo Alicia—
"Jeg tror, jeg kan finde svaret," sagde Alice
—Entonces deberías decir lo que quieres decir —prosiguió la liebre de la marcha—
"Så skal du sige, hvad du mener," fortsatte haren
—Digo lo que quiero decir —respondió Alicia apresuradamente—
"Jeg siger, hvad jeg mener," svarede Alice hurtigt
"por lo menos quiero decir lo que digo"
"i det mindste mener jeg, hvad jeg siger"
"Es lo mismo, ¿sabes?"
"Det er det samme, du ved"
El lirón también contribuyó a la conversación
Dormouse bidrog også til samtalen
Pero el lirón parecía estar hablando en sueños
men dormus syntes at tale i søvne
"Respiro cuando duermo"
"Jeg trækker vejret, når jeg sover"
"¡Duermo cuando respiro!"
"Jeg sover, når jeg trækker vejret!"
"Bien podría decirse que también son lo mismo"
"Du kan lige så godt sige, at de også er ens"
-A ti te pasa lo mismo -dijo el sombrerero-

"Det er det samme med dig!" sagde hattemageren

Y echó un poco de té en la nariz del lirón

og han hældte lidt te på søvnmusens næse

El Lirón sacudió la cabeza con impaciencia

Syvsoveren rystede utålmodigt på hovedet

Y volvió a hablar el Lirón, sin abrir los ojos

og atter talte dormusen uden at åbne øjnene

"Por supuesto, por supuesto que es lo mismo"

"Selvfølgelig, selvfølgelig er det det samme"

"eso es justo lo que iba a decir yo mismo"

"Det var bare det, jeg selv ville sige"

El sombrerero se volvió hacia Alicia y le hizo otra pregunta

Hattemageren vendte sig mod Alice og stillede endnu et spørgsmål

—¿Ya has adivinado el enigma?

"Har du gættet gåden endnu?"

—No, me rindo —concedió Alicia—

"Nej, jeg giver op," indrømmede Alice

"¿Cuál es la respuesta?", quiso saber

"Hvad er svaret?" ville hun vide

—No tengo la menor idea —dijo el sombrerero—

"Jeg har ikke den ringeste anelse," sagde hattemageren

-Ni yo lo sé -dijo la liebre-

"Det ved jeg heller ikke!" sagde haren

Alicia dio un suspiro de cansancio

Alice udstødte et træt suk

"Hay mejores usos del tiempo que los enigmas sin respuestas"

"Der er bedre brug af tid end gåder uden svar"

-¡Toma un poco más de té! -dijo la liebre a Alicia, muy seriamente-

"Tag noget mere te," sagde haren til Alice meget alvorligt

Alicia se sintió bastante ofendida por la oferta

Alice blev ret fornærmet over tilbuddet

—Todavía no he tomado el té —respondió Alicia—

"Jeg har ikke drukket te endnu," svarede Alice

"por lo tanto, no puedo tomar más té"

"derfor kan jeg ikke få mere te"

—Quieres decir que no puedes tomar menos té —dijo el sombrerero—

"Du mener, at du ikke kan få mindre te," sagde hattemageren

"Es muy fácil llevarse más que nada"

"Det er meget nemt at tage mere end ingenting"

Al oír esto, Alicia se levantó y se marchó

Da rejste Alice sig og gik sin vej

El lirón se durmió al instante

Musen faldt i søvn med det samme

y ninguno de los otros hizo la menor atención de que ella se fuera

og ingen af de andre tog den mindste notits af, at hun gik

aunque miró hacia atrás una o dos veces

selvom hun så sig tilbage en eller to gange

Intentaban meter el lirón en la tetera

de forsøgte at stikke dormusen i tekanden

-De todos modos, ¡no volveré a ir allí! -dijo Alicia-

"Jeg kommer i hvert fald aldrig derhen igen!" sagde Alice

Y ella caminó su camino a través del bosque

og hun gik sin vej gennem skoven
"Esa fue la fiesta del té más estúpida a la que he ido en mi vida"
"det var det dummeste teselskab, jeg nogensinde har været til"
Justo cuando dijo esto, notó algo
Netop som hun sagde dette, bemærkede hun noget
Uno de los árboles tenía una puerta que daba directamente a él
et af træerne havde en dør, der førte lige ind i det
"¡Eso es muy interesante!", pensó
"Det er meget interessant!" tænkte hun
"Creo que es mejor que pase por la puerta"
"Jeg tror, jeg lige så godt kan gå ind ad døren"
Y entró por la puerta
Og gennem døren gik hun
Una vez más se encontró en el largo pasillo
Endnu en gang befandt hun sig i den lange sal
De nuevo estaba cerca de la mesita de cristal
Igen var hun tæt på det lille glasbord
Ella tomó la pequeña llave de oro
Hun tog den lille gyldne nøgle
Y abrió la puerta que daba al jardín
og hun låste døren op, der førte ud i haven
Luego se puso manos a la obra mordisqueando el hongo
Så gik hun i gang med at nippe til svampen
Había guardado un trozo de la seta en el bolsillo
Hun havde haft et stykke af svampen i lommen
Y, por último, medía alrededor de un metro de altura
og til sidst var hun omkring en meter høj
Luego caminó por el pequeño pasillo
Så gik hun ned ad den lille korridor
Y entonces finalmente se encontró en el hermoso jardín
og så befandt hun sig endelig i den smukke have
y ella estaba entre la flor brillante y las fuentes frescas
og hun var blandt den strålende blomst og de kølige kilder

El campo de croquet de la reina
Dronningens kroketbane
Un gran rosal se alzaba cerca de la entrada del jardín
Et stort rosentræ stod ved indgangen til haven
Las rosas que crecían en el árbol eran blancas
Roserne, der voksede på træet, var hvide
Pero había tres jardineros pintando la rosa
men der var tre gartnere, der malede rosen
Estaban ocupados pintando las rosas de rojo
de havde travlt med at male roserne røde
y Alicia los miraba pintar las rosas de rojo
og Alice så dem male roserne røde
y de repente sus ojos se posaron por casualidad en Alicia
og pludselig faldt deres øjne tilfældigvis på Alice
Alicia habló un poco tímidamente
Alice talte lidt frygtsomt
—¿Podría decírmelo, por favor?
"Vil du fortælle mig det, tak?"
"¿Por qué están pintando todas esas rosas?"
"Hvorfor maler I alle de roser?"
Cinco y siete no dijeron nada, pero miraron a dos
fem og syv sagde intet, men så på to
Dos hablaron, en voz baja
to talte med lav stemme
"Vaya, el hecho es que ya lo ve, señora"
"Jamen, det er en kendsgerning, ser De, frue"
"Esto de aquí debería haber sido un rosal rojo"
"det her skulle have været et rødt rosentræ"
"Y pusimos un rosal blanco por error"
"og vi satte et hvidt rosentræ i ved en fejltagelse"
"Como estarás de acuerdo, la Reina no debe enterarse"
"Som du vil være enig i, må dronningen ikke finde ud af det"
"De lo contrario, nos cortarían la cabeza a todos"
"Ellers ville vi alle få vores hoveder hugget af"
"Así que ya ve, señora, estamos haciendo lo mejor que podemos"
"Så ser De, frue, vi gør vores bedste"

La Carta Cinco había estado mirando ansiosamente a través del jardín

Kort fem havde kigget ængsteligt ud over haven

En ese momento, la carta cinco gritó: "¡La reina! ¡La reina!"

I dette øjeblik råbte kort fem: "Dronningen! Dronningen!"

Y los tres jardineros se escabulleron al instante

og de tre gartnere skyndte sig straks væk

Y se arrojaron de bruces

og de kastede sig fladt ned på deres ansigter

Se oyó el sonido de muchos pasos

Der lød mange fodtrin

Alicia miró a su alrededor, ansiosa por ver a la reina

Alice så sig omkring, ivrig efter at se dronningen

Al comienzo de la procesión había diez soldados

Ved processionens begyndelse var der ti soldater

Sus manos y pies estaban en las esquinas

deres hænder og fødder var i hjørnerne

y en sus manos y pies había garrotes

og i deres hænder og fødder var der køller

Luego vinieron los diez cortesanos

Dernæst kom de ti hoffolk

Los cortesanos estaban adornados con diamantes

hoffolkene var overalt prydet med diamanter

Después de los cortesanos venían los hijos reales

Efter hoffolkene kom de kongelige børn

Eran diez los hijos de la realeza

Der var ti af de kongelige børn

y todos los niños reales estaban adornados con corazones

og alle de kongelige børn var prydet med hjerter

Luego vinieron los invitados; en su mayoría reyes y reinas

Dernæst kom gæsterne; for det meste konger og dronninger

y entre los reyes y la reina, Alicia vio a alguien

og blandt kongerne og dronning Alice så nogen

Volvió a ver al conejo blanco que había perseguido

Hun så igen den hvide kanin, hun havde jagtet

La procesión fue seguida por la sota de los corazones

Processionen blev fulgt hjerternes knægt

Llevaba la corona del rey
Han bar kongens krone
y la corona del rey estaba sobre un cojín de terciopelo carmesí
og kongens krone var på en karmosinrød fløjlspude
Y entonces llegó el final de esta gran procesión
og så kom afslutningen på denne store procession
Y allí, al final, estaban el Rey y la Reina de Corazones
og der til sidst var hjerter konge og hjerter dronning
la procesión venía frente a Alicia
processionen kom over for Alice
Y todos se detuvieron y la miraron
og de standsede alle og så på hende
Y la reina dijo severamente: "¿Quién es éste?"
og dronningen sagde strengt: "Hvem er det?"
Se lo dijo a la Sota de Corazones
Hun sagde det til hjerternes knude
Pero él se limitó a hacer una reverencia y a sonreír en respuesta
men han bukkede bare og smilede som svar
Alicia habló muy cortésmente
Alice talte meget høfligt
"Mi nombre es Alicia, así que por favor, su majestad"
"Mit navn er Alice, så vær venlig Deres majestæt"
Pero ella tenía otros pensamientos para sí misma
men hun havde andre tanker for sig selv
"¡Después de todo, son solo un mazo de cartas!"
"De er trods alt kun en pakke kort!"
"¿Sabes jugar al croquet?", gritó la reina
"Kan du spille kroket?" råbte dronningen
Era evidente que la pregunta iba dirigida a Alicia
Spørgsmålet var åbenbart beregnet til Alice
-¡Sí! -dijo Alicia en voz alta-
"Ja!" sagde Alice højt
—¡Ven a jugar! —rugió la reina—
"Kom og spil så!" brølede dronningen
una voz tímida le habló a Alicia

en frygtsom stemme talte til Alice
"¡Es un día muy hermoso!"
"Det er en meget smuk dag!"
Caminaba junto al conejo blanco
Hun gik forbi den hvide kanin
y el Conejo Blanco la miraba ansiosamente a la cara
og den hvide kanin kiggede ængsteligt ind i hendes ansigt
—Un día muy bueno —confirmó Alicia—
"En meget smuk dag," bekræftede Alice
—¿Dónde está la duquesa?
"Hvor er hertuginden?"
"¡Silencio! ¡Silencio!", dijo el Conejo
"Tys! Tys!" sagde kaninen
"Está condenada a muerte"
"Hun er under henrettelse"
—¿Por qué la ejecutan? —preguntó Alicia
"Hvad bliver hun henrettet for?" spurgte Alice
**—Le ha rayado las orejas a la reina —empezó a decir el
conejo—**
"Hun skar dronningens ører," begyndte kaninen
—gritó la Reina con voz de trueno—
Dronningen råbte med tordenstemme
"¡Vayan a sus lugares!"
"Kom til dine steder!"
Y la gente empezó a correr en todas direcciones
og folk begyndte at løbe rundt i alle retninger
y todos tropezaron unos con otros
og de faldt alle op mod hinanden
Sin embargo, se calmaron en uno o dos minutos
De fik dog afklaret sig i løbet af et minut eller to
Y entonces comenzó el juego
og så begyndte spillet
Alicia nunca había visto un campo de croquet tan curioso
Alice havde aldrig set en så mærkelig kroketbane
La hierba era todo crestas y surcos
græsset var kun kamme og furer
Las bolas de croquet eran erizos de verdad

Kroketkuglerne var rigtige pindsvin
y los mazos eran flamencos de verdad
og køllerne var rigtige flamingoer
Y los soldados se pusieron de pie sobre sus manos y sus pies
og soldaterne stod på hænder og fødder
porque los arcos estaban hechos de sus cuerpos
fordi buerne blev lavet af deres kroppe
Todos los jugadores jugaron a la vez
Spillerne spillede alle på én gang
Nadie esperó su turno
Ingen ventede på deres tur
y todos se peleaban con todos
og alle skændtes med alle
y todos luchaban por los erizos
og alle kæmpede for pindsvinene
Pronto la reina se vio presa de una furiosa pasión
Snart var dronningen rasende lidenskabelig
Y empezó a patalear y a gritar
og hun begyndte at stampe rundt og råbe
"¡Córtale la cabeza!"
"Hug hovedet af ham!"
"¡Córtale la cabeza!"
"Hug hovedet af hende!"
"¡Córtale la cabeza a todos!"
"Hug alle hovederne af dem!"
De nuevo Alicia pensó para sí misma
Igen tænkte Alice ved sig selv
"Son terriblemente aficionados a decapitar a la gente aquí"
"De er frygtelig glade for at halshugge folk her"
"¡La gran maravilla es que quede alguien vivo!"
"Det store under, at der er nogen tilbage i live!"
Buscaba alguna vía de escape
Hun så sig om efter en flugt
Notó una curiosa apariencia en el aire
Hun bemærkede et mærkeligt udseende i luften
«Es el gato de Cheshire», se dijo a sí misma
"Det er Cheshire-katten," sagde hun til sig selv

"Ahora tendré a alguien con quien hablar"
"nu vil jeg have nogen at tale med"
—¿Cómo te va? —preguntó el gato
"Hvordan går det?" sagde katten
—No creo que jueguen nada limpio —dijo Alicia—
"Jeg synes slet ikke, de spiller retfærdigt," sagde Alice
Y tenía un tono bastante quejumbroso
og hun havde en temmelig klagende tone
"Todos se pelean tan terriblemente"
"De skændes alle så forfærdeligt"
"Uno no se oye hablar"
"Man kan ikke høre sig selv tale"
"Y no parecen jugar con ninguna regla"
"Og de ser ikke ud til at spille efter nogen regler"
el gato le hizo una pregunta a Alicia en voz baja
katten stillede Alice et spørgsmål med lav stemme
—¿Qué te parece la reina?
"Hvordan kan du lide dronningen?"
—No me gusta nada —dijo Alicia—
"Jeg kan slet ikke lide hende," sagde Alice

Alicia pensó que sería mejor que volviera
Alice tænkte, at hun lige så godt kunne gå tilbage
Quería ver cómo iba el partido
Hun ville se, hvordan det gik med spillet
Se fue en busca de su erizo
Hun gik ud for at lede efter sit pindsvin
El erizo estaba ocupado luchando contra otro erizo
Pindsvinet havde travlt med at kæmpe mod et andet pindsvin
Esta fue una excelente oportunidad
Dette var en glimrende mulighed
Podía hacer croquet a un erizo con el otro
Hun kunne kroke det ene pindsvin med det andet
Pero su flamenco estaba al otro lado del jardín
men hendes flamingo var på den anden side af haven
El flamenco era bastante torpe
Flamingoen var temmelig klodset
Su flamenco intentaba volar hacia un árbol
hendes flamingo forsøgte at flyve op i et træ
Atrapó al flamenco por la pierna
Hun fangede flamingoen i benet
Y guardó el flamenco bajo el brazo
og hun gemte flamingoen væk under armen
De esa manera, el flamenco no pudo escapar de nuevo
På den måde kunne flamingoen ikke flygte igen
Justo en ese momento Alicia se encontró con la duquesa
Netop da mødte Alice tilfældigvis hertuginden
La duquesa ya había salido de la cárcel
Hertuginden var nu ude af fængslet
Metió cariñosamente su brazo bajo el brazo de Alicia
Hun lagde sin arm kærligt under Alices arm
Y luego se fueron juntos
og så gik de sammen
Alicia se alegró mucho de encontrarla de tan buen humor
Alice var meget glad for at finde hende i et så behageligt
humør
Sin embargo, estaba un poco asustada

Hun blev dog lidt forskrækket
Oyó la voz de la duquesa cerca de su oído
Hun hørte hertugindens stemme tæt ved sit øre
"Estás pensando en algo, querida"
"Du tænker på noget, min kære"
"Y eso hace que te olvides de hablar"
"Og det får dig til at glemme at tale"
—El juego va bastante mejor ahora —dijo Alicia—
"Spillet går noget bedre nu," sagde Alice
Era una forma de mantener la conversación
det var en måde at holde samtalen i gang på
-Así es -dijo la duquesa-
"Det er sandelig sådan," sagde hertuginden
"Y la moraleja de eso es esta:"
"Og moralen i det er denne:"
"¡Es el amor el que lo hace todo!"
"Det er kærligheden, der gør det hele!"
"El amor es lo que hace que el mundo gire"
"Kærlighed er det, der får verden til at gå rundt"
Alicia tenía otra explicación
Alice havde en anden forklaring
"¡Lo hace todo el mundo ocupándose de sus propios asuntos!"
"Det gøres ved, at alle passer sine egne sager!"
—¡Ah, bueno! Podrías tener razón"
"Åh, ja! Du kan have ret"
-Todo significa lo mismo -dijo la duquesa-
"Det betyder alt sammen meget det samme," sagde hertuginden
y hundió su afilada barbilla en el hombro de Alicia
og hun gravede sin skarpe lille hage ind i Alices skulder
"Y la moraleja de eso es esta"
"Og moralen i det er denne"
"Cuida el sentido"
"Pas på sansen"
"Y entonces los sonidos se encargarán de sí mismos"
"Og så vil lydene passe sig selv"

Pero entonces el brazo de la duquesa empezó a temblar
men så begyndte hertugindens arm at skælve
Alicia alzó la vista y allí estaba la reina
Alice kiggede op, og der stod dronningen
La reina tenía los brazos cruzados
Dronningen havde armene foldet
¡Y ella fruncía el ceño como una tormenta eléctrica!
og hun rynkede panden som et tordenvejr!
—Te advierto —gritó la reina—
"Jeg giver dig en rimelig advarsel," råbte dronningen
Y pisoteó el suelo mientras hablaba
og hun trampede på jorden, mens hun talte
"O tu cabeza o la suya deben estar cortadas"
"enten skal dit hoved eller hendes hoved være slukket"
"¡Toma tu decisión!"
"Tag dit valg!"
"Y ser rápido al respecto"
"og vær hurtig til det"
La duquesa hizo su elección
Hertuginden traf sit valg
Y al cabo de un instante la duquesa se fue
og inden for et øjeblik var hertuginden væk
Entonces la reina le habló a Alicia
Så talte dronningen til Alice
"Sigamos con el juego"
"Lad os fortsætte med spillet"
Alicia estaba demasiado asustada para decir una palabra
Alice var for bange til at sige et ord
Y la siguió lentamente hasta el campo de croquet
og hun fulgte hende langsomt tilbage til kroketbanen
Todo el tiempo la Reina se peleó con los otros jugadores
hele tiden skændtes dronningen med de andre spillere
"¡Córtale la cabeza!"
"Hug hovedet af ham!"
"¡Córtale la cabeza!"
"Hug hovedet af hende!"
"¡Córtale la cabeza a todos!"

"Hug alle hovederne af dem!"
Pronto todos los jugadores estaban bajo custodia
Snart var alle spillerne varetægtsfængslet
solo quedaron el rey, la reina y Alicia
kun kongen, dronningen og Alice blev tilbage
Entonces la reina se marchó, casi sin aliento
Så gik dronningen, ganske forpustet
y se fue con Alicia
og hun gik væk med Alice
Alicia oyó que el rey decía algo en voz baja
Alice hørte kongen stille sige noget
"Estáis todos perdonados"
"I er alle tilgivet"
Pero de repente se oyó otro grito
men pludselig hørtes der endnu et skrig
"¡El juicio está comenzando!"
"Retssagen begynder!"
y Alicia corrió con los demás
og Alice løb sammen med de andre

¿Quién robó las tartas?

Hvem stjal tærterne?

El rey y la reina de corazones estaban sentados
Hjerter konge og hjerter dame sad
estaban en su trono cuando llegó Alicia
de sad på deres trone, da Alice ankom
Había una gran multitud reunida a su alrededor
der var en stor skare samlet omkring dem
Había todo tipo de pajaritos y bestias
der var alle mulige små fugle og dyr
Y allí estaba toda la baraja de cartas
og der var hele pakken med kort
La sota estaba de pie frente a ellos, encadenada
knægten stod foran dem, i lænker
y había un soldado a cada lado para custodiarlo
og der var en soldat på hver side til at vogte ham
cerca del Rey estaba el conejo blanco
nær kongen var den hvide kanin
Tenía una trompeta en una mano
han havde en trompet i den ene hånd
y tenía un rollo de pergamino en la otra mano
og han havde en pergamentrulle i den anden hånd
En el centro del patio había una mesa
Midt på banen var der et bord
Sobre la mesa había un gran plato de tartas
På bordet lå et stort fad med tærter
«Ojalá hicieran el juicio», pensó Alicia
"Jeg ville ønske, at de ville få retssagen overstået," tænkte
Alice
—¡Entonces podríamos comer algunos de esos refrescos!
"Så kunne vi spise nogle af de forfriskninger!"

El juez, por cierto, era el rey
Dommeren var i øvrigt kongen
y llevaba su corona sobre su gran peluca
og han bar sin krone over sin store paryk
«Ésa es la tribuna del jurado», pensó Alicia
"Det er juryboksen," tænkte Alice
"Y esas doce criaturas, supongo que son los miembros del jurado"
"og de tolv skabninger, jeg formoder, at de er nævningene"
algunos eran animales y otros eran pájaros
nogle var dyr, og nogle var fugle
En ese momento el conejo blanco gritó
I samme øjeblik råbte den hvide kanin
"¡Silencio en la corte!"
"Stilhed i retten!"
"¡Heraldo, lee la acusación!", dijo el rey

"Herold, læs anklagen!" sagde kongen
El Conejo Blanco tocó tres veces la trompeta
Den hvide kanin blæste tre stød på trompeten
Luego desenrolló el rollo de pergamino
Så rullede han pergamentrullen ud
Y leyó lo siguiente:
og han læste følgende:
"La reina de corazones, hizo unas tartas"
"Hjerter dronning, hun lavede nogle tærter,"
"Todo esto lo hizo en un día de verano"
"Alt dette gjorde hun på en sommerdag"
"La sota de los corazones, robó esas tartas"
"Hjerternes knægt, han stjal de tærter"
—¡Y se llevó esas tartas muy lejos!
"Og han tog de tærter langt væk!"
—Llama al primer testigo —dijo el rey—
"Kald det første vidne!" sagde kongen
y el conejo blanco tocó tres veces la trompeta
og den hvide kanin blæste tre stød på trompeten
"¡Traigan al primer testigo!", gritó
"Bring det første vidne!" råbte han
El primer testigo fue el sombrerero
Det første vidne var hattemageren
Entró con una taza de té en una mano
Han kom ind med en tekop i den ene hånd
Y tenía un pedazo de pan con mantequilla en la otra mano
og han havde et stykke brød og smør i den anden hånd
—Tendrías que haber terminado —dijo el rey—
"Du burde være færdig," sagde kongen
—¿Cuándo empezaste?
"Hvornår begyndte du?"
El sombrerero miró a la liebre de marcha
Hattemageren kiggede på haren
La Liebre de Marzo lo había seguido hasta el patio
Marchharen havde fulgt ham ind i gården
Había caminado del brazo del lirón
Han havde gået arm i arm med Dormouse

—El catorce de marzo, creo que fue —dijo—

"Fjortende marts, tror jeg, det var," sagde han

—Da tu testimonio —dijo el rey—

"Afgiv dit vidnesbyrd," sagde kongen

"Y no te pongas nervioso, o te haré ejecutar en el acto"

"og vær ikke nervøs, ellers får jeg dig henrettet på stedet"

Esto no pareció animar en absoluto al testigo

Dette syntes ikke at opmuntre vidnet overhovedet

Seguía moviéndose de un pie al otro

Han blev ved med at skifte fra den ene fod til den anden

Y miró inquieto a la reina

og han så uroligt på dronningen

Y, en su confusión, mordió un gran trozo de su taza de té

og i sin forvirring bed han et stort stykke ud af sin tekop

En realidad, tenía la intención de morder de su pan y mantequilla

i virkeligheden havde han tænkt sig at bide af sit brød og smør

Justo en ese momento, Alicia sintió una sensación muy curiosa

Netop i dette øjeblik følte Alice en meget mærkelig fornemmelse

Empezaba a crecer de nuevo

Hun begyndte at vokse sig større igen

Al miserable sombrerero se le cayó la taza de té

Den elendige hattemager tabte sin tekop

y el pan y la mantequilla cayeron al suelo

og brødet og smørret faldt til jorden

Y cayó sobre una rodilla

og han faldt ned på knæ

—**Soy un pobre hombre, majestad** —comenzó—

"Jeg er en fattig mand, Deres majestæt," begyndte han

—**Eres un orador muy malo** —dijo el rey—

"Du er en meget dårlig taler!" sagde kongen

—**Puedes irte** —dijo el rey—

"Du kan gå," sagde kongen

Y el sombrerero abandonó apresuradamente el patio

og hattemageren skyndte sig at forlade gården

—¡Llama al próximo testigo! —dijo el rey—

"Kald det næste vidne!" sagde kongen

El siguiente testigo fue el cocinero de la duquesa

Det næste vidne var hertugindens kok

Llevaba la caja de pimienta en la mano

Hun bar peberkassen i hånden

Y la gente que estaba cerca de la puerta empezó a estornudar de repente

og folkene ved døren begyndte at nyse på én gang

—Da tu testimonio —dijo el rey—

"Afgiv dit vidnesbyrd," sagde kongen

-No daré ninguna prueba -dijo el cocinero-

"Jeg vil ikke give noget vidnesbyrd," sagde kokken

El rey miró ansiosamente al conejo blanco

Kongen så ængsteligt på den hvide kanin

Y el conejo blanco habló en voz baja

og den hvide kanin talte med stille stemme

"Su Majestad debe interrogar a este testigo"

"Deres Majestæt må krydsforhøre dette vidne"

"Bueno, si debo, debo", dijo el rey

"Nå, hvis jeg skal, så må jeg," sagde kongen

"¿De qué están hechas las tartas?"

"Hvad er tærter lavet af?"

—Las tartas están hechas de pimienta, en su mayoría —dijo el cocinero—

"Tærter er for det meste lavet af peber," sagde kokken

Durante algunos minutos, toda la corte estuvo en confusión

I nogle minutter var hele retten forvirret

Con el tiempo, todos se calmaron de nuevo

Til sidst faldt de alle til ro igen

Pero para entonces el cocinero había desaparecido

Men på det tidspunkt var kokken forsvundet

"¡No importa!", dijo el rey

"Pyt med det!" sagde kongen

"Llamar al estrado al próximo testigo"

"Kald det næste vidne til tilhørerpladsen"

Alicia observó al conejo blanco mientras él repasaba a

tientas la lista
Alice betragtede den hvide kanin, mens han fumlede hen over
listen
**Puedes imaginar su sorpresa por lo que escuchó a
continuación**
Du kan forestille dig hendes overraskelse over, hvad hun
hørte næste gang
con su vocecita estridente, llamó el nombre de «¡Alicia!»
på toppen af sin skingre lille stemme kaldte han navnet
"Alice!"

La evidencia de Alicia

Alices vidneudsagn

-¡Aquí! -exclamó Alicia-

"Her!" råbte Alice

Se levantó de un salto a toda prisa

Hun sprang op i en stor fart

Y volcó el estrado del jurado

og hun væltede juryboksen

y derribó a todos los miembros del jurado

og hun væltede alle nævningene

y cayeron sobre las cabezas de la muchedumbre de abajo

og de faldt ned til hovederne på mængden nedenunder

Alicia estaba muy consternada

Alice var meget forfærdet

"¡Oh, le ruego que me perdone!", exclamó

"Åh, jeg beder Dem undskylde!" udbrød hun

—El juicio no puede continuar —dijo el rey—

"Retssagen kan ikke fortsætte," sagde kongen

"Los miembros del jurado deben volver a ocupar su lugar"

"Nævningene må komme tilbage på deres rette pladser"

Repitió la orden con gran énfasis

Han gentog ordren med stor eftertryk

y miró a Alicia con severidad

og han så strengt på Alice

—¿Qué sabe usted de estos acontecimientos? —preguntó el rey a Alicia

"Hvad ved du om disse begivenheder?" spurgte kongen Alice

—No sé nada sobre el tema —dijo Alicia—

"Jeg ved intet om emnet," sagde Alice

Entonces el rey leyó de su libro

Kongen læste derefter op af sin bog

"Regla cuarenta y dos"

"Regel toogtyve"

"Todas las personas que tengan más de una milla de altura deben abandonar el tribunal"

"Alle personer, der er mere end en kilometer høje, skal forlade retten"

—No mido ni una milla de altura —dijo Alicia—
"Jeg er ikke en kilometer høj," sagde Alice
—Casi dos millas de altura —dijo la Reina—
"Næsten to mil høj," sagde dronningen

—Bueno, me niego a ir —dijo Alicia—
"Nå, men jeg nægter at gå," sagde Alice
El rey palideció
Kongen blev bleg
Y cerró apresuradamente su cuaderno de notas
og han lukkede hurtigt sin notesbog
"Consideren su veredicto", le dijo al jurado
"Overvej din dom," sagde han til juryen
Habló en voz baja y temblorosa
Han talte med lav, skælvende stemme
Entonces habló el conejo blanco
Så talte den hvide kanin
"Todavía hay más pruebas por venir"
"Der er flere beviser på vej endnu"
Y se levantó de un salto a toda prisa
og han sprang op i en stor fart
"Este papel acaba de ser recogido"
"Denne artikel er lige blevet samlet op"

"Parece ser una carta escrita por el prisionero"
"Det ser ud til at være et brev skrevet af fangen"
Desdobló el papel mientras hablaba
Han foldede papiret ud, mens han talte
"Al fin y al cabo, no es una carta"
"Det er trods alt ikke et brev"
"Lo que era era un conjunto de versos"
"Hvad det var, var en række vers"
—Por favor, majestad —dijo el bribón—
"Vær så venlig, Deres Majestæt," sagde knægten
"Yo no escribí esos versos"
"Jeg skrev ikke de vers"
"y no pueden probar que yo escribí nada"
"og de kan ikke bevise, at jeg har skrevet noget"
"No hay ningún nombre firmado al final"
"Der er ikke noget navn underskrevet til sidst"
El rey le habló a la sota
Kongen talte til knægten
"Debes haber tenido la intención de causar algún daño"
"Du må have ment at lave noget ballade"
**"De lo contrario, habrías firmado con tu nombre como un
hombre honrado"**
"ellers ville du have underskrevet dit navn som en ærlig
mand"
Hubo un aplauso general
Der var en generel klap i hænderne
Y el rey se volvió hacia el conejo blanco
og kongen vendte sig mod den hvide kanin
—Lee los versos —ordenó—
"Læs versene," beordrede han
Hubo un silencio sepulcral en la corte
Der var død tavshed i retten
Y el conejo blanco leyó los versos
og den hvide kanin læste versene op
Me dijeron que habías estado con ella
De fortalte mig, at du havde været hos hende
Y me mencionaron a él

Og de nævnte mig for ham
Ella me dio un buen carácter
Hun gav mig en god karakter
Pero ella dijo que yo no sabía nadar
Men hun sagde, at jeg ikke kunne svømme
Les mandó decir que yo no había ido
Han sendte dem besked om, at jeg ikke var gået
Sabemos que es verdad
Vi ved, at det er sandt
Si ella insistiera en el asunto, ¿qué sería de ti?
Hvis hun skulle skubbe sagen videre, hvad ville der så blive af dig?
Yo le di uno, ellos le dieron dos
Jeg gav hende en, de gav ham to
Nos diste tres o más
Du gav os tre eller flere
Todos volvieron de él a ti
De vendte alle tilbage fra ham til dig
aunque antes eran míos
selvom de var mine før
Si yo o ella tuviéramos la oportunidad de serlo
Hvis jeg eller hun skulle tilfældigvis blive
Si yo o ella estuviéramos involucrados en este asunto
Hvis jeg eller hun var involveret i denne affære
Él confía en ti para liberarlos
Han stoler på, at du vil sætte dem fri
Exactamente como estábamos
Præcis som vi var
Mi idea era que tú habías sido
Min forestilling var, at du havde været
Antes de que ella tuviera este ataque
Før hun fik dette anfald
Un obstáculo que se interpuso entre
En forhindring, der kom mellem
A Él, y a nosotros mismos, y a
Ham og os selv og det
No le dejes saber que a ella le gustaban más

Lad ham ikke vide, at hun bedst kunne lide dem
Porque esto debe ser para siempre un secreto, guardado de todos los demás
For dette må for altid være en hemmelighed, der holdes skjult for alle de andre
Este secreto debe seguir siendo un secreto entre tú y yo
Denne hemmelighed skal forblive en hemmelighed mellem dig og mig
El rey quedó muy impresionado
Kongen var meget imponeret
"Esa es la prueba más importante que hemos escuchado hasta ahora"
"Det er det vigtigste bevis, vi har hørt endnu"
—No creo que esos versos tengan un átomo de significado — objetó Alicia—
"Jeg tror ikke, at disse vers har et atom af mening," indvendte Alice
el rey tenía su propia opinión al respecto
kongen havde sin egen mening om sagen
"Si no hay significado en esas palabras, eso salva un mundo de problemas"
"Hvis der ikke er nogen mening i de ord, redder det en verden af problemer"
"Entonces no necesitamos tratar de encontrar el significado"
"Så behøver vi ikke at prøve at finde meningen"
"Que el jurado considere su veredicto"
"Lad juryen overveje deres dom"
-¡No, no! -dijo la reina-
"Nej, nej!" sagde dronningen
"Primero la sentencia y después el veredicto"
"Strafudmåling først – dom bagefter"
-¡Tonterías y tonterías! -exclamó Alicia en voz alta-
"Ting og vrøvl!" sagde Alice højt
"¡Qué tontería es sentenciar al acusado primero!"
"Hvor er det dumt at dømme den tiltalte først!"

—¡Cállate la lengua! —dijo la reina, poniéndose morada—
"Hold mund!" sagde dronningen og blev purpurrød
-¡No me callaré! -exclamó Alicia-
"Jeg vil ikke holde mund!" sagde Alice
—gritó la Reina a voz en cuello—
Dronningen råbte af højeste stemme
"¡Córtale la cabeza!"
"Hug hovedet af hende!"
Nadie hizo un movimiento
Ingen lavede en bevægelse
-¿A quién le importa lo que digas? -dijo Alicia-
"Hvem bekymrer sig om, hvad du siger?" sagde Alice
Para entonces ya había crecido hasta alcanzar su tamaño completo
Hun var vokset til sin fulde størrelse på dette tidspunkt
"¡No eres más que un mazo de cartas!"
"Du er ikke andet end en pakke kort!"
Al oír esto, todas las cartas se alzaron en el aire
På dette steg alle kortene op i luften
Y todas las cartas cayeron volando sobre ella

og alle kortene kom flyvende ned over hende
Ella dio un pequeño grito
Hun gav et lille skrig fra sig
Estaba medio asustada, pero también enojada
hun var halvt bange, men også vred
Y trató de quitarse las cartas de encima
og hun forsøgte at kæmpe kortene af sig selv
Y entonces se encontró tendida en el banco de hierba
og så fandt hun sig selv liggende på græsbanken
Su cabeza estaba en el regazo de su hermana
hendes hoved lå i skødet på sin søster
Algunas hojas muertas habían caído en su cara
nogle døde blade var landet på hendes ansigt
Y su hermana estaba cepillando suavemente las hojas
og hendes søster børstede forsigtigt bladene væk
-¡Despierta, querida Alicia! -dijo su hermana-
"Vågn op, kære Alice!" sagde hendes søster
—¡Qué sueño tan largo has tenido!
"Sikke en lang søvn, du har haft!"
-¡Oh, he tenido un sueño tan curioso! -exclamó Alicia-
"Åh, jeg har haft sådan en mærkelig drøm!" sagde Alice
Y le contó a su hermana todo lo que podía recordar
Og hun fortalte sin søster alt, hvad hun kunne huske
todas las extrañas aventuras sobre las que acabas de leer
Alle de mærkelige eventyr, som du lige har læst om
Alicia se levantó y salió corriendo
Alice rejste sig og løb væk
Y pensó, mientras corría, en su sueño
og hun tænkte, mens hun løb, på sin Drøm
—¡Qué sueño tan maravilloso había sido!
"Hvilken vidunderlig drøm det havde været!"

www.ingramcontent.com/pod-product-compliance
Lightning Source LLC
Chambersburg PA
CBHW011049190726

48290CB00011B/3066